AF191528

BENJAMIN'S WAGON

STILLE WASSER

EIN KURZROMAN VON K. METZ

Bibliografische Information der Deutschen Nationalbibliothek:
Die Deutsche Nationalbibliothek verzeichnet diese
Publikation in der Deutschen Nationalbibliografie;
detaillierte bibliografische Daten sind im Internet über
http://dnb.dnb.de abrufbar.

© 2025 K. Metz
Lektorat & Korrektorat: Lektorat Zeilenschmuck
Illustration: noxachi (Instagram: @noxachi)
Covergestaltung und Buchsatz: K. Metz
Verlag: BoD · Books on Demand GmbH, In de Tarpen 42,
22848 Norderstedt, bod@bod.de
Druck: Libri Plureos GmbH, Friedensallee 273,
22763 Hamburg

ISBN: 978-3-7597-7872-7

WILLKOMMEN IN BENJAMIN'S WAGON!

Nicht viele verirren sich in diese langweilige Kleinstadt, die sich an den Fuß eines dicht bewaldeten Gebirges kuschelt. Doch diejenigen, die es dorthin verschlägt, kommen vielleicht nie wieder von dort zurück. Wer wird ihr zum Opfer fallen? Wen wird sie für immer verändern? Und wer wird dem Mysterium von Benjamin's Wagon auf den Grund gehen?

Jeder Teil stellt andere Figuren, andere Themen und andere Geschehnisse in den Fokus. Dennoch sollten die Bücher für die beste Leseerfahrung in der richtigen Reihenfolge erlebt werden, beginnend mit Teil 1: Stille Wasser.

Benjamin's Wagon ist eine Mystery-Horror-Geschichte, in der sensible Themen wie Tod und Gewalt auftreten. Bei Bedarf steht eine Liste mit Inhaltshinweisen unter https://kmetz-books.de/inhaltshinweise zur Verfügung.

Viel Spaß!

Bisher erschienene Titel:

Benjamin's Wagon 1 – Stille Wasser

INHALT

ATEMNOT

Aus den Tiefen des schwarzen Wassers stiegen Luftblasen auf. Obwohl die Kälte in seine Haut schnitt, sah Raphaël ihnen eine ganze Weile lang zu. Sie waren beinahe faustgroß, als sie ihre tanzende Reise an die Oberfläche begannen, bis sie irgendwann nur noch vereinzelt als Perlen bei ihm ankamen.

Er widerstand der absurden Versuchung, seine Schuhe und Socken auszuziehen und die Zehen in den eisigen Tod zu strecken, nur um herauszufinden, wie kalt das Wasser tatsächlich war. Es selbst auf der Haut zu spüren. Zu frieren. In gewisser Weise fühlte er sich dazu verpflichtet, auch wenn alles in ihm danach schrie, diesen verfluchten Ort endlich zu verlassen. Vielleicht hätte er es sogar getan, wenn Maurice nicht direkt neben ihm gestanden hätte. Unter der Beobachtung anderer kosteten ihn Taten wie diese mehr Überwindung, als wenn er nur für sich selbst war.

Schließlich siegte die Vernunft und er widerstand dem Drang. Den Gedanken aber wurde er nicht los.

Ein kurzer Blick zu Maurice hinüber ließ ihn wundern, ob er dasselbe dachte. Sein Ausdruck war unlesbar. Nicht aus Gefühllosigkeit, sondern weil dieses Gesicht nichts anderes kannte als die Angstfalten, die sich tief in seine Stirn geritzt hatten. Das war einer der Gründe, warum

Raphaël seit dem ersten Tag Sympathie für ihn empfunden hatte. Er verbarg seine Menschlichkeit nicht hinter einer Fassade aus griesgrämigen Mienen und lauten Rufen.

»Hey!«, schnitt in dem Moment Andrejs Stimme durch die Nacht. »Ich sagte: Bewegt eure Ärsche zurück zum Auto.«

»Wozu die Eile?« Raphaël drehte sich um. Er sprach ruhig und Andrej verstand ihn mit Sicherheit problemlos bis ans andere Ende des Stegs. »Wovor hast du Angst?«

Andrejs Augenlid zuckte. Selbst das sah Raphaël von hier aus. Oder bildete er es sich nur ein, weil er diese Verhaltensmuster mittlerweile einfach zu gut kannte?

»Es geht nicht um *Angst*. Wenn uns jemand sieht –«

»Was? Was soll er dann sehen? Gib uns noch eine Minute.« Wenn es nach Raphaël gegangen wäre, hätten sie sich schon längst auf und davon gemacht, doch etwas sagte ihm, dass Maurice einen Moment zum Durchatmen brauchte. Erst als er sich losriss und Raphaël zunickte, traten sie gemeinsam den Weg über das verrottete Holz zum Wagen an. Marie spielte mit dem Gaspedal und Andrej hatte sich gegen die Tür gelehnt. Demonstrativ schob er den Ärmel seiner Lederjacke zurück und tat so, als würde er auf die goldene Armbanduhr starren. Zum Bild der vollkommenen Ungeduld fehlte nur noch, dass er mit seinem Fuß wippte und die Augen verdrehte.

»Einsteigen oder ich lasse euch alle hier stehen«, drang es aus dem Inneren des Wagens.

Raphaël setzte sich in Bewegung. Maurice nicht.

»Ich …«

»Was?«, spottete Andrej. »Willst du da drin ein Bad nehmen? Ich habe Besseres zu tun, als hier zu warten und dir beim Heulen zuzusehen.«

»Ich will nicht ... nicht mehr ...«

Andrejs Stimme senkte sich. »Du bist gerade dabei, bei einem sehr wichtigen Test durchzufallen. Pass auf, was du als Nächstes sagst, denn es gibt von hier aus genau zwei Wege für dich. Entweder du reißt dich zusammen und machst weiter wie bisher ...« Er musste den Satz nicht beenden, um seinen Standpunkt deutlich zu machen.

Maurice antwortete, indem er sich urplötzlich krümmte und auf Andrejs Schuhe übergab. Dieser riss die Augen auf, packte sein Gegenüber am kurzen Haarschopf und zerrte ihn zurück auf Augenhöhe. Aus Maurice' Mundwinkel rann mehr Erbrochenes. Das Atmen fiel ihm sichtlich schwer.

»Was ist falsch mit dir?!«

»Beruhig dich, es war keine Absicht«, sagte Raphaël schnell, um eine Katastrophe zu verhindern. »Er fühlt sich ganz offensichtlich furchtbar.«

»Warum?«

»Du *weißt* warum!«

Andrej verpasste dem jungen Mann einen letzten tollwütigen Blick, dann lockerte er seinen Griff. Wäre Raphaël nicht herbeigeeilt, um ihn zu stützen, wäre Maurice zu Boden gestürzt.

»Komm schon«, kam es jetzt auch von Marie. »Die Schuhe sind unser geringstes Problem. Von mir aus kaufe ich dir neue, solange ihr jetzt endlich einsteigt.«

Wie von einem plötzlichen Sinneswandel ergriffen, riss Andrej die Beifahrertür auf und hievte sich neben Marie, die mit schnellen, regelmäßigen Kieferbewegungen ihren Kaugummi zermalmte.

Zwischen Raphaël und Maurice wurde kein Wort gesprochen, als er ihn vorsichtig wie einen Greis zur Rückbank führte. Seine zitternden Finger hatten sich in Raphaëls

Jacke gegraben und er hätte schwören können, dass seine Augen ein bisschen mehr glänzten als sonst.

Als sie endlich den Steg, den Paradise Lake und den Wald hinter sich ließen und durch die Nacht in Richtung Benjamin's Wagon fuhren, waren die einzigen Geräusche das Surren des Motors und Maurice' geflüsterte Gebete nach Vergebung.

DER NEUE SHERIFF

Es geschah, als Hitch alte Fallakten neu nummerierte und sorgfältig mit bunten Klebezetteln kennzeichnete. In einer Sekunde hatte er seine Zunge zwischen die Zähne geklemmt und strich das Papier glatt, damit der Kleber effektiv hielt, in der nächsten stand bereits Troy Farley im Türrahmen zu seinem Büro und nickte ihm zu.

»Hier ist jemand, der Sie sehen möchte.«

Hitch rümpfte die Nase. »Können Sie sich nicht darum kümmern?«

»Nein, Sir. Es wurde speziell nach ›dem Sheriff‹ gefragt.«

»Sagen Sie ihm, er soll draußen warten. Ich habe zu tun.«

»Das würde ich, aber ...«

An seiner Seite erschien mit einem Mal eine zweite Figur, die neben dem langgezogenen Deputy beinahe wie ein Kind aussah, sich nach einem zweiten Blick jedoch als eine junge Frau entpuppte. Sie war schwarz, hatte langes, geflochtenes Haar und trug ein orangefarbenes Sommerkleid. Es war noch nicht einmal März.

Sie lehnte sich in den kleinen Raum, als suche sie etwas, schaute direkt durch Hitch hindurch und anschließend hilfesuchend zu Farley. »Wo ist er?«

»Er sitzt direkt vor Ihnen.« Ächzend erhob er sich von seinem ebenso ächzenden Bürotuhl und streckte ihr über

Schreibtisch und Computer hinweg seine Hand entgegen. »Vernon Hitch.«

Statt den Versuch einer Kontaktaufnahme zu akzeptieren, starrte sie die vor ihr schwebende Hand irritiert an und schüttelte den Kopf. »Nein, nein. Der *Sheriff*.«

»Lady, was kann ich tun, um Sie davon zu überzeugen, dass ich hier der Sheriff bin? Mir einen Stern an die Weste heften? Einen Cowboyhut tragen? Ich habe den Posten übernommen. Vor drei Monaten. Wie kommt es, dass Sie das nicht mitbekommen haben?«

Noch immer sah sie aus, als würde sie kein Wort von dem glauben, was er ihr erzählte. Aber ihr Gesicht lockerte sich zunehmend, als ihr dämmerte, dass es keine logische Erklärung gab, warum ihr jemand einen solch aufwändigen Streich spielen sollte. »Was ist mit Redd passiert? E-er war der Sheriff. Mit ihm möchte ich sprechen.«

»Geht es um ein persönliches oder ein polizeiliches Belangen?« Endlich nahm er seinen Arm wieder herunter. Er hatte bereits zu kribbeln begonnen.

»Es geht um einen ... einen Vermisstenfall.« Die Worte drangen gewaltsam aus ihrem Mund, als wollten sie schleunigst von ihrer Seele verschwinden. »Sind Sie sicher, dass ich nicht einfach mit Redd sprechen kann? Sie kennen Redd, oder? Groß, muskulös, schlecht gelaunt ...«

»Redd und ich sind uns begegnet, aber er arbeitet nicht mehr hier. Um genauer zu sein, ist er im Ruhestand.«

»Ruhestand?« Ungeduldig zog sie die Strickjacke, die sie offensichtlich in Eile übergeworfen hatte, enger um ihre Schultern. »Er ist noch nicht einmal vierzig.«

»Ruhestand aus dem Polizeidienst. Er hat diese Kneipe hier innerorts gekauft. Das Wagon Wheel. Ist jetzt seins. Die Eröffnung war vor zwei Wochen. Also, das habe ich zumindest gehört.« Als er feststellte, dass die junge Frau ihre Sprache jetzt komplett verloren hatte, gestikulierte er in Richtung des Stuhls auf ihrer Seite des Schreibtischs. »Aber Sie sagten, es geht um eine vermisste Person. Damit sind Sie hier an der richtigen Adresse. Setzen Sie sich. Farley?«

Farley tippte sich an die Schläfe. »Ich lass Sie dann mal allein. Bis später.« Als die Tür mit einem Klacken ins Schloss fiel, blieb der Frau nichts anderes übrig, als sich zögerlich auf dem alten durchgesessenen Bürostuhl niederzulassen – jedoch nur auf der vordersten Kante, als würde sie jeden Moment wieder aufspringen und aus der Polizeistation flüchten wollen. Sie gab sich keine Mühe, das Wort zu ergreifen, weshalb Hitch nervös hüstelte.

»Nun gut, lassen Sie mich das eben ...« Er schloss die Solitaire-Partie auf seinem Computer und öffnete ein Formular. Das Gerät ratterte wie ein Hamsterrad. »Wie war Ihr Name? Sagten Sie das schon?«

»Ähm ... Derica.«

»Erica?«

»Derica. O'Leon.«

Seine Finger froren über der Tastatur ein, nur für eine Sekunde. Derica hatte diesen flehenden Ausdruck in ihren Augen, der ihn sehnlich bat, in diese Richtung keine Fragen zu stellen. Also weiter mit dem Formular. »Name der vermissten Person?«

»Charlotte O'Leon.« Ihre Stimme knickte kurz ein.

»Ah. Natürlich. Wann haben Sie Ihre Charlotte zuletzt gesehen?«

»Wir hatten ausgemacht, dass ich sie um drei Uhr nachmittags am Parkplatz des Little Owl's Diner abhole, aber sie ist nicht aufgetaucht. Das war am Dienstag.«

»Moment, *Dienstag?* Vor drei Tagen? Und Sie haben jetzt erst beschlossen, sie als vermisst zu melden?«

»Nun ... Ja.« Beschämt senkte sie den Blick. »Sie tut das manchmal. Aber nie so lange. Ich hätte ja nicht ahnen können, dass sie diesmal ...«

»Schon gut, schon gut. Little Owl's Diner, sagten Sie? Das ist direkt neben der Grundschule, oder? Entschuldigen Sie bitte. Ich lerne diesen Ort gerade erst besser kennen.«

»Ja.« Ihre Miene hellte sich zum ersten Mal ein wenig auf. »Auf dem Gelände befinden sich Grund- und Mittelschule. Ich arbeite dort. In der Grundschule, meine ich. Viele Kinder gehen manchmal nach Schulschluss ins Diner und kaufen sich Waffeln zum Mitnehmen.«

»Sie haben Feierabend, fahren rüber zum Diner und stellen fest, dass Sie Charlotte nicht finden können. Und dann?«

»Ich bin nach Hause gefahren, aber dort war sie auch nicht. Erst gestern habe ich mir wirklich Sorgen gemacht, weil sie noch nie so lange fort war. Mit dem Wagen habe ich den Ort abgesucht und herumtelefoniert. Niemand hat sie gesehen.«

»Besitzt sie ein Mobiltelefon? Etwas, womit man sie orten könnte?«

Derica seufzte tief. Endlich entspannten sich ihre Schultern. »Natürlich *besitzt* sie eins, aber sie benutzt das Ding nicht und trägt es auch nicht bei sich. Es liegt zu Hause, so wie immer.«

»Haben Sie ...« Er wog seinen Kopf hin und her. »Haben Sie mal reingeschaut?«

»Da ist nichts drauf, falls Sie das wissen möchten. Das weiß ich auch, ohne meine Nase in ihre Angelegenheiten zu stecken.« Diesen schroffen Tonfall hätte Hitch von der eben noch gestressten und verängstigten Frau nicht erwartet. Überrascht wechselte er das Thema.

»Könnten Sie mir eine ausführliche Beschreibung von Charlotte geben? Einschließlich der Kleidung, die sie am Tag ihres Verschwindens getragen hat.«

Derica wackelte nervös im Sitzen und machte ihren Rücken noch gerader. Sie faltete die Hände über dem Rock ihres Kleides und nickte verloren. »Braune Augen. Langes, rotbraunes Haar, das sie meistens offen trägt. Ihre Fingernägel sind hellblau lackiert und sie trug an diesem Tag Jeans und ein grünes Sweatshirt. Ihre ... ihre weißen Turnschuhe fehlen, also muss sie die getragen haben. Und ihre dunkelblaue Jacke.«

Dericas Augen wurden feucht und sie blinzelte rasch.

»Ent-entschuldigen Sie. Es ist nicht gerade leicht, das ... Wenn ich gewusst hätte, dass sie spurlos verschwindet, hätte ich früher ... Wir haben uns ja nicht einmal gestritten, es war alles wie immer und sie ...«

»Sie tragen keinerlei Schuld.« Hitch zog die oberste Schreibtischschublade auf und holte eine Box mit Taschentüchern hervor, die er vor ihr abstellte. Auf solche Situationen war er natürlich vorbereitet. Dies war schließlich nicht das erste Mal, dass er so etwas erlebte. Kinder gingen ständig verloren und meistens tauchten sie nach kurzer Zeit wieder auf. Das hatte er schon dutzendmal gesehen, bevor er an diesen Ort versetzt worden war.

»Ihre Sorge ist komplett berechtigt. Wenn ich an Ihrer Stelle wäre, würde ich genau so reagieren. Leider sind wir im Moment ziemlich unterbesetzt, aber Deputy Farley und ich werden alles in unserer Macht Stehende tun, um Ihre Charlotte zu finden und sicher zu Ihnen zurückzubringen. Das verspreche ich Ihnen. Dafür sind wir schließlich da!«

Schniefend zog Derica eines der Tücher hervor und tupfte sich die unaufhaltsam fließenden Tränen von den Wangen. »Danke ... Es fühlt sich gut an, in dieser Sache Unterstützung zu haben. Ich hatte Sorge, dass ich vielleicht überreagiere.«

»Keineswegs.« Hitch lächelte sie aufmunternd an, dann wandte er sich wieder dem flimmernden Monitor zu, auf dem ein paar Felder und Formalitäten noch unausgefüllt vor ihm schwebten. »Leider sind wir hier noch nicht fertig. Ein paar kurze Fragen, dann können Sie gehen. Okay, hier steht ... Ah. Wie alt genau ist Charlotte denn?«

Auf diese Frage hin nahm sie das Tuch wieder herunter und lächelte traurig.

»Vierunddreißig.«

Mit einem Mal hielt Hitch inne. Er tippte nicht, er lachte nicht und selbst seine beschwichtigenden Floskeln blieben ihm in der Kehle stecken. Langsam glitt sein Blick am Monitor vorbei zu der jungen Frau in seinem Büro. Sein Mund stand möglicherweise offen.

Ihr Lächeln fiel und machte absoluter Verwirrung Platz. »... Was?«

WAGON WHEEL

Nachdem sie erfahren hatte, dass das sogenannte Wagon Wheel nur drei Straßen von der Polizeistation entfernt lag, beschloss sie kurzerhand, zu Fuß dorthin zu spazieren und unterwegs gegen jeden Müllcontainer zu treten, der ihr in die Quere kam. Immerhin machte dieser Hitch nicht den Eindruck, als würde er ihr wegen Sachbeschädigung hinterherjagen. Genauer gesagt machte er nicht den Eindruck, als würde er überhaupt jemandem hinterherjagen, seien es Vandalen, Betrüger oder Mörder. Er hatte nur dagesessen, sein falsches Mitleid geteilt und hinter seinem struppigen Schnurrbart gegrinst, als sei sie ein armes kleines Ding und er ein Held, der glaubte, ihr Leben mit der Macht der Bürokratie ändern zu können.

Die Kneipe hätte sie um ein Haar verfehlt. Es gab kein Aushängeschild, nur ein paar Stufen hinter einem plötzlichen Loch in der Häuserfassade, die zu einer frisch gestrichenen roten Tür führten. Derica lebte seit ihrer Geburt in Benjamin's Wagon, aber diese Kellertür war ihr nie aufgefallen. Wäre sie das, hätte sie dahinter vermutlich einen geheimen Organhandelring oder illegal gezüchtete exotische Kleintiere vermutet. Dennoch. Ihr Telefon sagte ihr, dass dies der richtige Ort sei, deshalb fasste sie sich ein Herz und stieg die rutschigen Steinstufen vorsichtig hinunter.

Wie zur Hölle kommen Betrunkene nachts aus diesem Loch?, schoss es ihr durch den Kopf. Bevor sie sich selbst eine Antwort auf diese Frage geben konnte, ging die Tür auf und sie konnte mit einem Satz nach hinten gerade noch rechtzeitig verhindern, mit einer Platzwunde in der Notaufnahme zu landen.

»Sorry ...«, murmelte der große dunkelhaarige Teenager, der aus der Bar trat. Unbeeindruckt schob er sich an ihr vorbei und stieg hinauf zur Straße, wo er ebenso schnell verschwand, wie er erschienen war.

Derica sammelte sich, schüttelte den Kopf und betrat die Kneipe. Zugegeben, von innen war sie ein ganzes Stück hübscher, als man von außen erahnte. Tische, Wände und Boden waren hölzern, ebenso wie die lange Theke, die einen großen Teil der linken Seite des Raumes einnahm. Und wie groß dieser Raum war. Nie im Leben hätte Derica gedacht, dass sich hier unten ein solches Schätzchen verbarg.

Hinter der Bar und auch über den Tischen hingen zahlreiche gerahmte Fotografien, aber sie wusste auch ohne hinzusehen, dass sie nicht Redd gehören konnten. Er wäre eher gestorben, bevor er persönliche Bilder von sich an einem öffentlichen Ort wie diesem aufhängte.

Langsam trat sie vollends in den Raum und sog die Atmosphäre in sich ein. Den stickigen Bargeruch, die gedimmten Deckenlampen, das Gefühl nach einem besonderen Abend. Dann traf sie ein Gedanke, der sie in die Realität zurück riss. Sie hatte noch nie zuvor vom Wagon Wheel gehört. Welche anderen großen, wichtigen Orte gab es, die sie nicht kannte, und an denen sie nie nach Charlotte suchen würde? Offensichtlich war sie nicht hier, aber was, wenn dies nur die Spitze des Eisbergs war? Ihr war plötzlich klar, wie wenig sie tatsächlich über ihren Heimatort wusste.

»Entschuldigen Sie?« Derica zuckte zusammen. Sie hatte nicht gemerkt, dass eine Frau hinter der Bar erschienen war und sie interessiert beäugte. Sie wirkte noch jung, in ihren frühen Zwanzigern, und sie hatte eine wuschelige schwarze Kurzhaarfrisur, die sie im Nacken länger trug. Ihre Gesichtszüge waren weich, aber einige Teile davon – Ohren, Zähne, Lippen – waren ungewöhnlich spitz zulaufend, was ihr ein freches Aussehen verlieh. »Wir haben noch Mittagspause.«

Derica war so in Gedanken versunken gewesen, dass sie keine Ahnung hatte, wie sie angemessen darauf reagieren sollte. »Oh! Ja, das ... das wusste ich nicht. Wirklich.«

»Na dann.« Sie drehte sich um, stellte sich auf die Zehenspitzen und sortierte Flaschen ins Regal. Als sie merkte, dass sich Derica nicht von der Stelle bewegte, unterbrach sie ihre Arbeit. »Sie können später wiederkommen.«

»Eigentlich bin ich hier, weil ich mit jemandem sprechen möchte. Redd? Mir wurde gesagt, ihm gehört jetzt das Wagon Wheel.«

Sie runzelte die Stirn, stützte ihre Ellbogen lässig auf der Theke ab und verschränkte ihre Finger. »Wozu? Wer sind Sie?« Die Frau klang nicht misstrauisch oder provozierend. Nur neugierig. Extrem neugierig.

»Oh, ich möchte ihn bloß etwas fragen. Wir kennen uns.«

»Woher? Wissen Sie, er erzählt kaum etwas über sich und ich bohre immer nach, aber er wirft mir dann jedes Mal diesen Blick zu. Der Klassiker. Sind Sie befreundet? Kennt er Sie von seinem alten Job?«

»Ich würde wirklich lieber mit Redd sprechen, wenn ...«

Die Frau schlug mit der Faust auf die Theke und schnipste triumphal mit der anderen Hand. »Jetzt hab ich's! Eine

Schulkameradin! Er sagte mir einmal, dass er in der Schule viele Freunde hatte. Ich habe ihm das zwar nicht geglaubt, aber ...«

»*Misaki*.« Die Stimme, die zu groß für den riesigen Raum war, erklang so plötzlich, dass beide zusammenzuckten. Durch den endlosen Wortschwall hatten sie wohl die Eingangstür nicht gehört sowie die schweren Schritte und das Klopfen der Gehhilfe auf dem Holzboden.

Derica drehte sich um und obwohl sie genau wusste, wer dort stehen würde, war sie überrascht. Sie war seinen Anblick einfach nicht mehr gewohnt.

Verändert hatte er sich nicht. Ein Sheriff wie er im Buche stand: breiter Rücken, sonnengebräunte Haut, braunes Haar und gestutzter Bart. Er trug ein rotkariertes Hemd, wie der typische Naturbursche, der er war. Redd hatte diese Art, die bewirkte, dass man ihm unbedingt vertrauen wollte, selbst wenn er immer eine Miene zog, als würde er zu knurren anfangen, wenn man ihm zu nahe kam.

Jetzt, wo er vor ihr stand, fiel ihr auf, dass sie nicht wusste, wie sie ihn nach all der Zeit begrüßen sollte. Sie stand da, Augen weit aufgerissen, und schob ihm langsam eine ihrer Hände entgegen.

In seinem Gesicht rührte sich kein Muskel, als er die ihm angebotene Hand düster musterte und Derica dann anschaute. »Was soll das sein, Derica? Nicht einmal eine Umarmung?«

Ihre Anspannung fiel mit einem Mal und sie scheiterte daran, ein erleichtertes Lächeln zu unterdrücken, als sie ihre Arme um ihn schlang und fest drückte. »Ich dachte, du wärst wütend auf mich.«

»Warum sollte ich wütend sein?« Er tätschelte ihren Rücken mit seiner freien Hand.

»Weil ich … Ich war nicht für dich da. Es tut mir so leid.«

Behutsam schob er sie von sich und deutete auf einen der Tische an der Wand. Sie ließen sich gegenüber voneinander nieder und die Frau namens Misaki stand auf einmal kerzengerade vor ihnen.

»Darf es etwas sein? Ein Drink? Etwas zu essen? Macht es euch gemütlich.«

Derica räusperte sich. »Nur ein Wasser, bitte.«

»Und etwas Privatsphäre.«

Daraufhin nickte sie nur engagiert, murmelte »Wasser und Privatsphäre« wiederholt vor sich hin und entfernte sich langsam wieder.

Als Derica die Frau außer Hörweite glaubte, beugte sie sich leicht über den Tisch. »Wo hast du sie denn her?«

»Nimm es ihr nicht übel, sie ist neu im Ort. Dachte mir, mit einem Job wie diesem lernt sie die Leute hier besser kennen.« Er erlaubte sich eine Atempause. »Es ist schön, dich zu sehen.«

»J-ja!«, sprudelte es aus ihr heraus. »Dich auch! Es ist in Worten nicht zu beschreiben, wie sehr ich dich vermisst habe, aber ich konnte nicht … Vielleicht war ich zu feige oder …«

»Schon gut. Wir müssen nicht darüber reden.«

»Trotzdem. Es tut mir leid und es gibt nichts, womit ich das wiedergutmachen kann.« Ihr Blick wanderte zu dem Gehstock, den er neben sich auf die gepolsterte Bank gelegt hatte. »Sagtest du nicht, das würde verheilen?«

Ein amüsiertes Schnauben. »Das ist es. Nur nicht besonders gut.«

»Ist das der Grund, weshalb du nicht mehr als Sheriff arbeitest?« Sie hoffte, mit dieser Frage keinen Nerv zu treffen. Glücklicherweise schien es Redd nicht besonders nahe zu gehen.

»Teilweise. Eine Weile habe ich es versucht. Als das nicht ging, habe ich nur Papierkram gemacht. Du kennst mich, dafür bin ich nicht geschaffen. Dieses Loch steht seit Ewigkeiten leer, aber nach ein paar notwendigen Renovierungen war es das, was du jetzt vor dir siehst.«

Nach all den Jahren, in denen sich die beiden kannten, hatte Derica die Fähigkeit entwickelt, dieses rätselhafte Gesicht zu lesen. Jetzt, als er über das Wagon Wheel und seine neue Berufung sprach, leuchtete in seinen Augen ein Funke, der ihr versprach, dass er sich am richtigen Ort befand. »Es ist wunderschön.«

Sie kam nicht umhin zu bemerken, dass er seinen Ring nicht mehr trug. Es war ganz deutlich, als er seine Hände vor ihr auf dem Tisch verschränkte. Ihr war klar, dass er dies nicht mit Absicht tat, dass er nicht einmal merkte, was er damit in ihr auslöste. Er erinnerte sie an den Grund, warum sie überhaupt hergekommen war.

»Ich brauche deine Hilfe.«

Sein Seufzen sprach Bände und katapultierte ihr ein schlechtes Gewissen ins Herz. Allein der Klang sagte ihr, dass er bereits gewusst hatte, dass sie nicht hergekommen war, um der guten alten Zeiten willen wieder Kontakt mit ihm aufzunehmen. Probleme gab es immer und meistens war er derjenige, der diese Probleme lösen sollte. Allerdings lag es nicht in seiner Natur, Schreie nach Hilfe zu ignorieren. »Erzähl mir, was passiert ist.«

Ein enormer Stein fiel ihr vom Herzen. Selbst nachdem sie ihn in dieser furchtbaren Zeit alleingelassen hatte, war er eben immer noch Redd. Der Redd, auf den sie sich schon immer verlassen konnte. Gelegentlich fragte sie sich, ob sie das zu einem schlechten Menschen machte. Seit so vielen Jahren kümmerte sich Redd um jedes ihrer Probleme und das eine Mal, als er derjenige mit dem Problem gewesen war, hatte sie ihn zurückgelassen. All die Monate hatte sie über nichts anderes nachgedacht. Auch Charlotte wusste das. Und jetzt war sie hier. Statt ihren Fehler wiedergutzumachen, bat sie Redd erneut um Hilfe.

»Charlotte ist seit Dienstag verschwunden. Ich habe versucht, selbst nach ihr zu suchen, allerdings reden die Leute nicht gern mit mir und außerdem hat sie schon immer ihre kleinen Geheimnisse gehabt. Das hat mich nie gestört, aber jetzt ...« Derica schluckte. »Ihr muss es gut gehen. Denn wenn nicht ...«

Für einen kurzen Moment hatten sich Redds Augen geweitet. Es dauerte nicht lange, bis er wieder seine gleichgültige Miene aufsetzte. »Bist du sicher, dass sie nicht einfach ...«

»Natürlich nicht!« Derica wollte nicht mit der Faust auf den Tisch donnern, ehe sie sich dessen jedoch bewusst wurde, war es schon geschehen. Redd zuckte nicht mit der Wimper. »Sie würde niemals einfach abhauen. Nicht ohne mich. Etwas muss ihr zugestoßen sein.«

»In dem Fall solltest du mit dem Sheriff reden.«

»Rate mal, wo ich gerade herkomme. Dieser ... dieser *Mistkerl* hat so getan, als würde es ihn interessieren. Dann hat er sich nicht einmal mehr *die* Mühe gemacht. Sagte, dass Erwachsene gehen dürfen, wohin sie wollen. Sie ist als vermisst gemeldet und er versicherte mir, dass er nach ihr suchen wird, allerdings kaufe ich ihm das nicht ab. Er klang, als würde er keinen Finger rühren. Ich war so kurz davor, auf seinen Schreibtisch zu springen und ihm diesen hässlichen Schnurrbart aus dem Gesicht zu reißen.«

»Hey.« Dieses eine Wort allein befreite sie aus ihrer Gedankenspirale. »Du siehst schon wieder rot.«

»Ich weiß ... Es ist nur ... Du musst sie finden.«

»Es gibt nichts, was ich tun kann. Ich bin kein Sheriff mehr und du kennst sie von allen am besten.«

»Bitte! Wenn du mir nicht hilfst, habe ich niemanden. Keinen einzigen Verbündeten. Wenn nicht du, wer dann?«

Er seufzte wieder. »Ich würde dir helfen, aber ich wüsste nicht wie. Über ihr Verschwinden weißt du am besten Bescheid und selbst wenn ich sie gesehen hätte – ich muss mich um die Kneipe kümmern. Heute Abend ist eine Veranstaltung gebucht und ich muss dort sein.«

»Redd!«, flehte sie.

»Es tut mir leid.«

»Lass mich nicht im Stich!«

»Vielleicht kann ich helfen.«

Langsam drehte Derica sich um. Wie lange Misaki dort bereits stand, ein Tablett mit einem von Derica längst vergessenen Glas Wasser auf der Hand balancierend, war unklar. Fest stand nur, dass sie genug gehört hatte, um ihr Handy mit Schwung hervorzuholen und geschickt zwischen Ohr und Schulter zu klemmen. »Hey, Monty. Könntest du meine Schicht heute Abend übernehmen? Mir ist etwas sehr Wichtiges dazwischengekommen.«

EULEN HABEN GUTE AUGEN

»Was ist mit deinem Auto los?«, fragte Misaki ungläubig, als sie die Beifahrertür öffnete und ihr zahlreiche leere Limoflaschen vor die Füße fielen. »Und ich dachte, ich wäre chaotisch.«

»Ich habe kein Auto. Das ist Charlottes. Am Tag ihres Verschwindens hatte ich es mir geliehen, um für die Arbeit ein paar Kisten aus der Bibliothek abzuholen.« Sie schwang sich hinter das Steuer des rostigen Wagens, der an den Rändern auseinanderzufallen drohte, und wartete, bis Misaki den Schrott beiseitegeschoben und sich gesetzt hatte. Dann startete sie den Motor.

Derica hatte der Fremden gegenüber Vorbehalte. Oftmals forderten Menschen einen Preis für ihre Hilfsbereitschaft. Solange sie nicht wusste, wie der Preis lautete, wollte sie dieser Person nicht mehr als nötig vertrauen. Sie gab sich auch nach mehreren Minuten Fahrt keine Mühe, ein Gespräch zu starten, was Misaki wohl als Einladung verstand.

»Also ist Charlotte ohne Auto verschwunden. Glaubst du, dass sie noch in Benjamin's Wagon ist?«

»Keine Ahnung.«

»Hast du eine Theorie, was geschehen sein könnte?«

»Ich weiß es nicht.«

Wenn Derica ihren Blick nicht fest auf die Straße gerichtet hätte, hätte sie Misaki vermutlich die Augen verdrehen sehen. Zumindest klang ihre Stimme wie die eines patzigen Teenagers. »Komm schon. Sorry, dass ich kein Redd bin, aber ich versichere dir, dass ich helfen möchte.«

»Bist du dir sicher? Mir scheint es eher, als wärst du an persönlichem Drama interessiert.«

Misaki stutzte empört. »Das stimmt nicht. Ich sehe, dass du in Not bist, und das möchte ich ändern. *Versprochen.*«

Aus einem Grund, den Derica nicht genau benennen konnte, traf sie diese Bemerkung genau zwischen die Rippen ins Herz. Was tat sie hier eigentlich? Neben ihr saß ein junges Mädchen, das alles stehen und liegen gelassen hatte, um ihr bei der Suche zu helfen. Ein zweites Paar Augen, ein zweites Köpfchen zum Denken, ein zweiter Mund, um Fragen zu stellen, und sie behandelte sie wie ein ungezogenes Kind, auf das sie gezwungenermaßen aufpassen musste. Sie hatte recht. Sie war nicht Redd, aber sie war *jemand*.

»Tut mir leid. Es … Es ist nur so, dass ich dich nicht kenne und heute schon oft genug enttäuscht wurde. Redd war der Einzige, dem ich voll und ganz in dieser Angelegenheit vertraut hätte.«

Das zauberte ihr immerhin wieder ein Lächeln in die Stimme. »Ich weiß. Hast du ein Bild?«

»Was?«

»Von Charlotte. Ein Foto, mit dem du nach ihr suchst.«

»Ja. Ja, natürlich. Hier muss es irgendwo drin sein.« Derica griff nach ihrer Handtasche und warf sie auf Misakis Schoß. Sogleich wühlte sie darin und zog das Foto von Derica und Charlotte hervor. Das alte Bild, das sie so deutlich vor sich sah, ohne es anschauen zu müssen. Das, welches sie vor Jahren beim gemeinsamen Restaurantbesuch im Kerzenschein aufgenommen hatten. Ein Knick durchzog es, genau in der Mitte zwischen ihnen, weil Derica es sorglos in ihre Tasche gestopft und erst zu Hause eingerahmt und in den Flur gehängt hatte.

Misaki nahm sich ein wenig Zeit, um es zu betrachten. »Sie sieht dir gar nicht ähnlich. Aber das darf mich wohl nicht überraschen. Mein Bruder sieht mir auch nicht ähnlich, weil wir gar nicht blutsverwandt sind. Das Wort *Stiefbruder* ist immer so lang und unpraktisch, findest du nicht auch? Was macht es für einen Unterschied, ob wir von denselben Menschen abstammen? Geschwister sind Geschwister.«

»Charlotte ist meine Frau.«

Es folgte eine lange Pause, in der Misaki zum ersten Mal keinen Mucks von sich gab. Dann: »Ihr seid beide sehr hübsch.«

Endlich nahm Derica ihren Blick von der Straße, nur für einen Moment, um das Mädchen neben sich anzulächeln. »Danke.«

Kurze Zeit später kam der Wagen auf dem Parkplatz des Little Owl's Diner zum Stehen und Misaki riss die Tür auf. Derica folgte.

»Warum wolltest du hierher? Mit ihrer Chefin habe ich schon gestern telefoniert und ihre Kolleginnen wussten ebenfalls von nichts. Auf die Idee, bei ihrer Arbeit nachzufragen, bin ich selbst gekommen.«

»Das habe ich mir gedacht, aber hast du sie auch nach den Kameras gefragt?«

»Den …?« Sobald sie die Worte verarbeitet hatte, schaute sie sich genauer auf dem Parkplatz um. Er lag relativ offen neben dem Diner mit dem Neonschild, auf dem eine Eule und eine Tasse Kaffee abgebildet waren. An gut besuchten

Tagen standen hier um die zwanzig Autos, meistens waren es jedoch nur etwa fünf bis zehn. Das Diner lag auf der einen Seite vom Parkplatz, auf der anderen grenzte eine halbhohe Steinwand an die triste Betonfläche, hinter der sich mehrere Müllcontainer befanden.

Zunächst wollte Derica anmerken, dass sie weit und breit keine Kameras erkannte, doch dann musterte sie die Fassade des Gebäudes und wurde in der Ecke unter dem kleinen Vordach fündig.

»Wie kommt es, dass mir das nie aufgefallen ist?«

»Am Montag war ich hier zum ersten Mal und sie ist mir gleich ins Auge gesprungen. Wie oft kommst du her?«

»Auf den Parkplatz? Fast jeden Tag.«

»Eben.« Misaki zwinkerte und stolzierte durch die Eingangstür des Diners, als wäre sie schon dutzende Male hier gewesen. Sie hielt vor der Theke und sah kurz nach links und rechts, um sich einen Überblick über die aktuelle Lage zu verschaffen.

Nur drei Gäste waren da, alle allein und an so weit wie möglich voneinander entfernten Tischen sitzend. Keiner von ihnen kam Derica bekannt vor. Ihre Aufmerksamkeit galt allein der Frau mit dem Mopp, die den Boden vor der kaputten Jukebox wischte. Sie stupste Misaki an und zusammen traten sie vor die Mitarbeiterin.

»Deb?«

Erst bei der Erwähnung ihres Namens schaute Deb von ihrer Arbeit auf und nahm sich Zeit, um die vor ihr stehenden Personen eingehend zu betrachten.

»Sie war immer noch nicht hier, falls du das wissen möchtest. Heute hätten wir ihre Hilfe gebrauchen können und sie ist nicht aufgetaucht. Wenn das so weitergeht, muss ich ihre Stelle neu besetzen. Ich möchte das nicht, aber es gibt eine Menge zu tun und zu dritt schaffen wir das nicht.«

»Ja, nein, schon klar. Völlig verständlich.« Derica schob sich vor Misaki, welche die Arme verschränkt hatte wie ein Bodyguard, der seine Arbeit viel zu ernst nahm. »Wenn jemand möchte, dass sie wieder auftaucht, dann bin ich das.«

»Klar …« Erst jetzt wandte sie sich an Misaki. »Und wer ist das? Hast du einen entlaufenen Teenager eingefangen?«

»*Teenager?!* Ich bin zweiundzwan–«

»Misaki hilft mir bei der Suche«, fiel Derica dazwischen, um einen größeren Konflikt zu vermeiden. Deb war eine der letzten Personen, die Charlotte vor ihrem Verschwinden gesehen hatten. Zu ihr durfte sie kein schlechtes Verhältnis riskieren. »Uns ist die Kamera am Eingang aufgefallen. Gibt es die Möglichkeit, dass wir uns die Aufnahmen von Dienstag ansehen?«

»Du verlangst da eine ganze Menge von mir. Die Aufnahmen sind nur von mir und der Polizei einsehbar.«

»Bitte.« Sie musste sich keine Mühe geben, um ihre Stimme so erbärmlich wie möglich klingen zu lassen. »Ihr habt nicht gesehen, wie sie nach Hause gegangen ist. Vielleicht war das der entscheidende Moment. Ich muss es wissen.«

Deb zögerte noch, aber Derica wusste bereits, dass sie einen Treffer gelandet hatte.

»Na schön.«

***

Neben der Küche gab es zwei weitere Hinterräume im Little Owl's Diner. Im Gegensatz zu dem rosa-blauen

Farbschema des öffentlichen Bereichs waren diese weiß und trist, mehr praktisch als schön. Die Lampen waren zu hell und zu kalt, die Tapete blätterte an den Ecken ab und es roch nach ranzigem Fett. Von dem kleinsten Flur der Welt gingen drei Türen ab. Die linke stand offen und Deb hielt ihre Besucherinnen nicht davon ab, einen Blick hineinzuwerfen. Es war ein Pausenraum mit einem Tisch, mehreren Stühlen und Schließfächern an den Wänden. Die Tür gegenüber des Zugangs zum Diner war ein deutlich gekennzeichneter Fluchtweg und die letzte, nach rechts abgehende Tür wurde gerade von Deb mithilfe eines Schlüsselbunds geöffnet, an dem mehr bunte Anhänger als Schlüssel klimperten. Das Zimmer dahinter war ein mit Kisten und zum Großteil leeren Aktenordnern vollgestelltes Büro mit Schreibtisch, Stuhl und Computer. Der geringe Platz des kleinen Raumes wurde durch die Regale an den Wänden so stark eingeschränkt, dass die drei Frauen kaum nebeneinander stehen konnten.

Deb schmiss den Schlüsselbund auf die Tischplatte, zog die schmutzige Tastatur heran und suchte nach der Aufnahme. Sie öffnete verschachtelte Ordner, klickte auf Symbole und gab wahllos wirkende Zahlenfolgen ein. Derica und Misaki standen direkt hinter ihr und verfolgten alles, was auf dem Bildschirm geschah. Gelangweilt ruhten Misakis Hände in den Taschen ihrer Bomberjacke, die an ihr ausschaute wie eine neonpinke Wolke. Ihr war anzusehen, dass sie nur darauf wartete, dass vor ihr die Aufnahmen erschienen.

Und genau das taten sie. Sichtbar waren der Bereich vor der Eingangstür und ein großer Teil des Parkplatzes. Das Bild bestand aus Graustufen, war jedoch relativ hochauflösend.

»Okay. Charlotte hat dienstags um drei Uhr Feierabend. Kurz vorher war sie fort, ohne sich zu verabschieden. Ich ... habe mich tatsächlich darüber geärgert. Konnte ja nicht wissen, dass sie gar nicht mehr auftaucht.«

»Schon okay, das konnte niemand.«

Gebannt schaute Derica zu, wie Deb durch die Aufnahme spulte, bis die angegebene Zeit auf etwa zehn Minuten vor drei stand. Anschließend lehnte sie sich zurück und wartete.

Zunächst geschah nichts. Um sechs Minuten vor drei betrat eine blonde junge Frau das Diner, die Derica zuvor manchmal hier gesehen hatte. Woher sie kam, war nicht ersichtlich.

»Das ist Marie, die Charlotte zum Schichtwechsel ablöst«, erklärte Deb. Nur wenige Sekunden später verließ ein alter Mann das Diner, offensichtlich ein Kunde. Dann endlich, um vier Minuten vor drei, verließ Charlotte das Gebäude.

Dericas Herz machte einen Sprung. Sie beugte sich hinunter, um kein einziges Detail zu verpassen.

Sofort nachdem Charlotte an die Luft getreten war, löste sie ihren Zopfgummi und schüttelte ihre zerzauste Haarpracht aus. Das war kein Mysterium – sie konnte es nicht ausstehen, ihr Haar zurückzubinden. Daraufhin sah sie sich auf dem Parkplatz um und blickte über ihre Schulter zurück zum Diner, bevor sie eilig geradeaus huschte und aus dem Bild verschwand.

»Moment«, sagte Misaki. »Das war's?«

»Mehr ist da nicht«, versicherte ihr Deb. »Alles wie immer. Außer ...« Mit gerunzelter Stirn spulte sie die Aufnahme zurück und stoppte sie, als Charlotte gut sichtbar von der Kamera eingefangen wurde. »Warum trägt sie ihre Arbeitskleidung? Das ist eigentlich kein Problem, aber ...«

»Charlotte zieht sich immer vor Ort um«, vervollständigte Derica den Gedanken. »Ihr sind die Schürze und der Rock in der Öffentlichkeit unangenehm.«

Deb schnaubte. »Man muss sich nicht dafür schämen, in der Gastronomie zu arbeiten. Das Little Owl's ist unglaublich wichtig für das Image dieses Ortes und jede Mitarbeiterin ist dafür zuständig, unsere Gemeinschaft zu repräsentieren.«

»Das kannst du Charlotte sagen, wenn sie wieder da ist.« Keine Sekunde lang hatte Derica den Bildschirm aus den Augen gelassen, in der leisen Hoffnung, einen handfesten Hinweis darauf zu finden, wo Charlotte hingegangen sein könnte. Da stand sie in ihrer Arbeitskleidung und blauen Winterjacke, suchend nach hinten schauend, das Haargummi um ihr Handgelenk tragend. Eine schwarze Tasche geschultert.

»Den Rucksack kenne ich nicht«, stellte Derica fest. »Das ist nicht ihre Handtasche.«

»Oh, die ist vielleicht noch in ihrem Schließfach.«

»Was?!« Der Ruf riss Deb aus ihrer gleichgültigen Trance und sie zuckte zusammen. »Das sagst du mir jetzt?«

»Hör mal, ich bin davon ausgegangen, dass sie wieder zurückkommt. Die Möglichkeit besteht immer noch. Aber ... jetzt bin ich mir nicht mehr sicher. Ihr könnt den Inhalt ihres Fachs haben, auch wenn ich nicht glaube, dass da etwas Hilfreiches drin sein wird. Ähm ... Entschuldigung?«

Misaki hatte die Gelegenheit genutzt, um an Deb vorbei zur Tastatur zu greifen und auf die gleiche Art wie sie durch das Videomaterial zu spulen. Allerdings schaute sie sich nicht die Bilder von Charlotte an, sondern fokussierte sich auf die andere junge Mitarbeiterin, die das Diner kurz vorher betreten hatte. Ein Grinsen stahl sich auf Misakis Gesicht, als sie die Aufnahme stoppte und mit ihrem Fingernagel gegen den Bildschirm tippte.

Die Frau trug einen schwarzen Rucksack über der Schulter.

MÜLLBERGE

»Dir ist klar, dass du das nicht tun musst?«

Die Frage kam ziemlich spät, wenn man bedachte, dass Misaki sich bereits kopfüber in den Müllcontainer gestürzt hatte und durch zerrissene Pappkartons und verfaulte Bananenschalen wühlte.

Derica hatte derweil die Handtasche aus dem Schließfach auf der hüfthohen Mauer abgestellt und den Reißverschluss geöffnet. Sogleich quollen ihr diverse Stoffe entgegen. Eine Jeanshose und ein grünes Sweatshirt. Somit war zumindest das Geheimnis gelöst, wohin Charlottes Kleidung verschwunden war. Eilig schob sie diese beiseite und unterdrückte ein Fluchen.

»Hier ist nichts drin. Ich hatte gehofft, zumindest ihre Brieftasche zu finden, aber die trägt sie vermutlich bei sich. Oder zumindest hat sie sie bei sich getragen, als sie das Diner verlassen hat.« Ihr entwich ein frustriertes Knurren. »Ich hasse all diese vagen Theorien. Nur einmal möchte ich wissen, wohin sie exakt gegangen ist. Eine Spur. Nein. Einen handfesten Beweis.«

Aus dem Container drang ein Rumpeln.

»Du hast seit einer verdächtig langen Zeit nichts gesagt.«

»Ich konzentriere mich!«, hallte es und gleich darauf tauchte ihr Kopf über dem rostig roten Rand auf. »Ein schwarzer Rucksack ist hier zumindest nicht drin. Den hätte ich gesehen. Hast du versucht, diese Marie anzurufen?«

Derica wählte die Nummer, die Deb ihnen gegeben hatte, wurde nach einigem Warten aber nur von der Mailbox begrüßt. »Bestimmt ist es schon zu spät. Wir versuchen es morgen noch einmal.«

»Oder du schreibst ihr einfach eine Nachricht. Viele gehen bei unbekannten Nummern nicht ran. Ich zumindest nicht.«

»Ja ... Du hast recht«, murmelte sie und schwang sich auf die Mauer, um in Ruhe eine Nachricht zu verfassen. Ihre Begleiterin tauchte wieder unter und pfiff sogleich durch die Zähne. »Hier unten ist eine Menge Papier. Zeitungen und so.«

»Was sagt uns das?«

»Keine Ahnung, aber ich schau mir das mal genauer an.«

Obwohl Misaki es nicht sehen konnte, nickte Derica gedankenverloren und las sich die Nachricht noch einmal durch, bevor sie sie abschickte: *Entschuldigen Sie, dass ich so spät störe. Hier ist Derica, Charlottes Frau. Mir kam zu Ohren, dass Sie womöglich etwas über ihr Verschwinden wissen. Bitte rufen Sie mich zurück, sobald Sie das lesen.*

»Du hast mir immer noch nicht erzählt, woher du Redd kennst«, drang es erneut aus dem Container. Ohne das fröhliche Gesicht zur Stimme war es fast ein bisschen merkwürdig, als würde sich Derica mit dem Müllcontainer selbst unterhalten. Hoffentlich kam nicht in genau diesem Moment ein Kind aus einer ihrer Klassen vorbei und erwischte sie bei diesem ungewöhnlichen Gespräch. Nur sie, der rotorange Sonnenuntergang und ein sprechender Container.

»Wenn er dir nichts über sich erzählen möchte, will ich ihm diese Entscheidung nicht abnehmen.«

»Komm schon. Wenigstens ein bisschen. Er ist mein neuer Chef und ich weiß absolut gar nichts über ihn. Nichts über seine Familie, nichts über seinen Freundeskreis, nichts über seine Zeit als Sheriff. Warum humpelt er? Was ist da passiert?«

»Es ist nicht meine Geschichte. Tut mir leid.«

Auf das enttäuschte Schweigen des Containers hin konnte Derica nur seufzen.

»Wir kennen uns seit ... bestimmt über zehn Jahren. Nein, es sind sogar fünfzehn. Damals war ich ...« Sie nahm beim Zählen ihre Finger zu Hilfe. »Ja, damals war ich einundzwanzig. Das weiß ich noch, weil meine ältere Schwester an dem Tag geheiratet hat.«

»Oh! Du hast eine Schwester!« Auch wenn es mehr Ausruf als Frage war, entschied Derica sich trotzdem, darauf zu antworten. Warum nicht? Heute würden sie Charlotte ohnehin nicht mehr finden.

»Nicht nur eine, sondern zwei. Eine ältere und eine jüngere. Und einen Bruder. Zwillingsbruder, um genau zu sein.«

»Es muss toll sein, einen Bruder in deinem Alter zu haben. Versteh mich nicht falsch, mein Bruder ist super! Aber manchmal geht mir das Teenie-Drama auf die Nerven. Und das soll etwas heißen, wenn ich es sage.«

So rasch wie das Lächeln entstanden war, zerbröselte es wieder. »Ja ... Es ist toll.«

Die Sonne war so weit gesunken, dass sie sich unter die pechschwarze Silhouette der Häuserreihe auf der anderen Straßenseite schob. Ein kalter Wind zog durch Dericas viel zu dünne Jacke und ihre Zähne klapperten. Als sie am Morgen aufgestanden war, um auf die Arbeit zu gehen, hätte sie niemals gedacht, dass sie abends neben dem Little

Owl's auf dem Parkplatz sitzen und mit einer Kellnerin im Müll wühlen würde. Vor einigen Stunden hatte sie noch gehofft, zu dieser Zeit mit einer kerngesunden, unversehrten Charlotte in einer Decke gewickelt vor dem Fernseher zu sitzen, ein Glas Wein zu trinken und eine Krimiserie zu schauen.

Diese Hoffnungen hatte sie mittlerweile aufgegeben. Charlotte war bisher immer spätestens am nächsten Tag wieder aufgetaucht. Diesmal würde sie von selbst nicht wiederkommen. Dessen war sich Derica seit dem Einblick in die Aufnahme sicher. Charlotte hatte sich auf dem Parkplatz umgeschaut, als sei jemand hinter ihr her. Etwas war geschehen und Derica musste der Sache auf den Grund gehen, wenn sie sie jemals wieder sehen wollte.

»Ähm«, machte der Container. Daraufhin folgte ein Rascheln, eine Pause und dann sprang die junge Frau polternd zurück auf den Asphalt. Ihr Haar stand zu allen Seiten von ihrem Kopf ab, in ihrem Gesicht und auf ihrer Jacke saßen dunkle Striemen und sie strahlte einen unangenehmen Geruch aus, über den Derica lieber nicht länger nachdachte.

»Kurz gesagt, da drinnen sind Pappe, angebissenes Fast Food und eine ganze Menge Zeitungen. Und das hier.«

Sie reichte Derica ein Stück Papier mit ungeradem Rand an zwei der Seiten, als wäre es von einem größeren Blatt abgerissen worden. Darauf stand in einer ordentlichen, blockartigen Handschrift eine wahllos wirkende Folge an Zahlen und Buchstaben geschrieben: *PS3771530*.

»Was soll das sein?«

»Ist das Charlottes Handschrift?«

»Nein, nicht im Entferntesten. Die Zahlen sagen mir auch nichts. Warum sollte das wichtig sein?«

»Vielleicht bedeutet es gar nichts. Aber sie ist in diese Richtung gelaufen und dieses Papier ist das Einzige da drin, das mysteriös genug ist, um ein Hinweis sein zu können.« Übertrieben dramatisch ließ sie den Schnipsel in ihre Jackentasche wandern. Die Entschlossenheit auf ihrem Gesicht entlockte Derica ein belustigtes Schnauben.

»Okay, Sherlock. Knack den Code.«

LUFT ANHALTEN

Jeden Abend um zehn, kurz vor dem Schlafengehen, goss Marie ihre Zimmerpflanzen. Sie hatte dreiundfünfzig davon und jede hatte einen Namen. Das war ihre Art, diese heruntergekommene Bruchbude wie ein Zuhause wirken zu lassen. Andrej hatte sie damit aufgezogen und bezeichnete ihre Wohnung jedes Mal als Urwald, wenn er die Türschwelle übertrat. Aber er war ohnehin ein furchtbarer Kerl und verstand nicht, warum man sich um etwas außer sich selbst kümmern sollte.

Nicht, dass sie in der Position war, ihn dafür zu kritisieren. Alle Haustiere, die sie als Kind besessen hatte, hatten ein frühes Schicksal ereilt. Mit Pflanzen kam sie viel besser aus, auch wenn das abendliche Ritual einige Zeit in Anspruch nahm.

Sie wässerte gerade Tim neben dem Küchentisch und entfernte einige der vertrockneten Blätter, als ihr Smartphone neben der Spüle aggressiv vibrierte. Beinahe hätte sie die Augen verdreht und es wieder ignoriert, aber sie traf die Entscheidung, wenigstens einen schnellen Blick darauf zu werfen. Fast erleichtert las sie den Namen auf dem Display, stellte die Gießkanne beiseite und hob ab.

»Ach, du bist's nur. Alles klar bei euch?«

Statt sofort zu antworten, blies Raphaël erst einmal durch das Mikrofon, als wäre ihm diese Frage bereits zu viel. »Bei mir schon. Habe den halben Tag damit zugebracht, den Neuen zu babysitten.«

»Wie hat er es verkraftet?«

»Er ist ziemlich instabil. Verbringt die meiste Zeit im Bett. Habe ihm so einen Mikrowellen-Reis gemacht, also hat er zumindest etwas gegessen.«

Sie lachte und er machte ein Geräusch der Empörung.

»Was ist?«

»Wüsste Andrej, dass du dich so fürsorglich um den Kleinen kümmerst, würde er sich irgendeine Maßnahme einfallen lassen, weil er denkt, dass du verweichlichst.«

»Er muss davon nichts erfahren, schließlich ist er anderweitig beschäftigt.«

»Ach ja. Was das angeht …« Marie zog den Esstischstuhl heran, der in Farbe und Härte eher einem Zahn als einem Möbelstück glich. Sie ließ sich nieder und schlug die Beine übereinander, die sich an ihre Pyjamahose schmiegten. »Hat er schon etwas gefunden?«

Raphaël grunzte wie ein Schwein, das ohne Trüffel zum Hof zurückgekehrt war. Fing er so an, war klar, dass keine guten Nachrichten folgen würden. Marie kannte ihn gut genug, um das zu wissen.

»Nichts. Unter uns: Ich glaube, die Sache wird ihn in den Wahnsinn treiben. Das letzte Mal, als ich ihn gesehen habe, ist er auf- und abgegangen und hat sich das Kinn gekratzt wie ein besonders erfolgloser Pirat. Erzähl ihm nicht, dass ich das gesagt habe.«

Raphaël wusste es nicht, aber er hatte soeben ein lebendiges Bild in Maries Vorstellung gepflanzt, das wahrscheinlich genau dem entsprach, was er zu beschreiben versuchte. Andrej, die Stirn in Falten gelegt, die Zähne in Frustration gebleckt und leise vor sich hin murmelnd.

Es war eine gute Sache, dass Raphaël Maurice in dieser Zeit von ihm fernhielt. Einmal ein Boxsack, immer ein Boxsack. Diese Lektion hatte er vor Maurice selbst lernen müssen.

»Kann mir vorstellen, dass er nicht besonders erfreut darüber ist.«

»Du hast keine Ahnung. Er brodelt förmlich. Bin jetzt nach Hause gefahren. Wenn diese Bombe explodiert, bin ich lieber weit davon entfernt.«

»Kluges Kerlchen.« In rhythmischen Abständen klackerte sie mit ihren Acrylnägeln auf den billigen Tisch. Im Wasser der halb durchsichtigen, grünen Plastikgießkanne neben ihrer Hand entstanden Kreise. »Ich hätte keine Lust, mit ihm zu tauschen. Irrt durch die Stadt ohne den geringsten Anhaltspunkt. Das sehe ich doch richtig, oder? Es gibt keine Spur. Keinen Hinweis. Niemand hat etwas gesehen.«

»Nicht, dass wir wüssten. Die einzige Verbindung, die mir einfällt, wäre die Ehefrau.«

Marie schloss die Augen und atmete tief durch. Auf dieses Gespräch hatte sie überhaupt keine Lust. Die Entscheidung, wen Andrej und Raphaël verfolgten, sollte bei ihnen liegen und sie wollte damit nichts zu tun haben. Wenn die beiden wussten, was sie als Nächstes tun würden, konnten sie ihr gern Bescheid geben.

»Hör mir damit auf. Die hat mich vorhin terrorisiert.«

Raphaël stutzte. »Du hast mit ihr gesprochen?«

»Hältst du mich für bescheuert? Natürlich nicht. Sie hat mich angerufen und mir geschrieben und ich habe es ignoriert. Hat nach ihrer Charlotte gefragt und sucht anscheinend nach ihr. Klingt nicht danach, als wüsste sie etwas.« Der Stress wurde ihr zu viel, deshalb stellte sie das Telefonat auf Lautsprecher und hob Herbert aus seinem blau gestreiften Übertopf, in dem sie ihren Vorrat aufbewahrte. Es war nicht nur das Rauchen, das sie entspannte. Waren ihre Hände beim Drehen beschäftigt und ihre Gedanken woanders, nahm ihr das bereits eine große Last von den Schultern. Einerseits das, andererseits half ihr die Tüte am Abend beim Einschlafen.

»Woher hat sie deine Nummer?«

»Wenn ich das wüsste. Ich werde die Nachricht einfach löschen.«

»Stopp!«

Sie hielt inne und warf dem Telefon einen finsteren Seitenblick zu.

»Nicht löschen. Vielleicht kann sie uns helfen.«

»*Helfen?* Wie ich schon sagte, sie wirkt nicht gerade so, als würde sie etwas wissen.«

»Nicht bewusst, nein. Aber wenn du vorgibst, ihr bei der Suche zu helfen, und dich mit ihr anfreundest, verrät sie dir womöglich einige Dinge über Charlotte. Dinge, von denen sie nicht weiß, wie wichtig sie sind.«

Unglaublich. Wollte er sie etwa dazu bringen, bei dieser Frau einen auf nettes Mädchen zu machen?

»Warum tust du das nicht?«, spuckte sie. »Du bist hier der Soziale.«

»Weil sie nicht mich, sondern dich gefragt hat.« Er seufzte und sie entzündete trotzig ihren Joint. »Gut, gut. Heb die Nachricht auf, aber antworte noch nicht. Morgen klären wir das mit Andrej. Er bestimmt das weitere Vorgehen und möchte ohnehin, dass wir jede Entwicklung mit ihm teilen. Ich werde dich abholen.«

»Meinetwegen«, knurrte sie und nahm einen langen Zug. »Und jetzt lass mich in Ruhe. Ich habe ein paar Pflanzen zu gießen.«

***

Der Traum, der sie schließlich aus dem Schlaf riss, hatte nicht einmal den Anstand, eine Erinnerung zu hinterlassen. In einem Moment war sie noch in einer anderen Welt gefangen, im nächsten ließ sie ein aussetzender Herzschlag schweißgebadet hochfahren und verzweifelt nach Luft schnappen. Was war es gewesen? War sie aus unglaublicher Höhe gefallen? Von wilden Tieren gejagt worden? Waren ihre Eltern gestorben? Je länger sie darüber nachdachte, desto unsicherer wurde sie, ob sie sich überhaupt erinnern wollte. Ihr blieb nur das vage Gefühl eines markerschütternden Terrors, als habe sie soeben in den Schlund der Hölle geblickt, den kein Mensch vor ihr jemals gesehen hatte. Und sie erinnerte sich nicht einmal daran.

Marie schlug die Bettdecke zurück und hätte dabei fast Luna vom Nachttisch gefegt. Sie erwartete nicht, dass sich die eisige Nachtluft in ihre Haut fraß wie ein Parasit. Ein versehentlich offen gelassenes Fenster verstand sich nicht mit dem Angstschweiß, der sie umhüllte. Sie biss die Zähne zusammen und schwang die Beine über die Bettkante. Wäre der Teppich in ihrem Schlafzimmer nicht gewesen, wäre die Kälte geradewegs an ihren Beinen entlang unter ihre Schlafanzughose gekrochen. Sie eilte und schloss das weit offen stehende Schlafzimmerfenster, das sich immer querstellte, mit geübter Leichtigkeit.

Draußen war die Welt in Nebel gehüllt. Den Bereich vor ihrem Fenster eine Straße zu nennen, wäre gelogen. Es war

mehr eine Gasse, in die sich niemand verlief außer An-
wohner, welche sie als Abkürzung nutzten. Doch sogar
hierhin hatte sich der Nebel verirrt. Etwas weiter entfernt,
an der echten Straße, waren die Bäume und geparkten Autos
nur schemenhaft in der Suppe auszumachen.

Marie mochte es nicht. Die Szenerie erinnerte sie an das
Cover von *Der Exorzist,* einen Film, den sie viel zu jung
geschaut hatte, weil ihren Eltern egal gewesen war, welche
DVD sie einlegten, um sie ruhigzustellen.

Die altersschwache Glühbirne der Laterne an der Ecke
ihres steinernen Mehrfamilienhauses flackerte und sie zog
die Vorhänge zusammen. Was sie nicht sah, konnte ihr
keine weiteren Albträume bescheren. Zumindest glaubte sie
das, bis sie auf die Uhr schaute. Vier Uhr morgens und sie
war kein bisschen müde.

»Was soll's«, murmelte sie vor sich hin und machte das
Bett. Sie war ohnehin Frühaufsteherin und allein die
Vorstellung, sich wieder in die Schweißpfütze zu legen, ließ
sie schaudern. Des Weiteren ekelte sie sich in diesem
durchtränkten T-Shirt selbst an. Der Gestank war uner-
träglich.

Ihre Augen waren halb geschlossen, als sie durch ihren
Kleiderschrank und die Wäscheschublade wühlte und
nahm, was sie zu fassen bekam. Ob sich darunter eine
angemessene Anzahl Socken befand, würde sie früher oder
später herausfinden.

Ihr rasender Puls beruhigte sich glücklicherweise während
sie die Kleidung im kleinen, an das Schlafzimmer grenzenden
Badezimmer bereitlegte. Mit einem *Klick* schaltete sie das
Licht an und ließ erwartungsvoll das warme Wasser in die
Wanne laufen. Nicht mehr lange, dann fühlte sie sich nicht
mehr wie ein verfaultes Stück Obst.

Sie prüfte die Temperatur, nickte zufrieden und wandte sich dem Waschbecken an der gegenüberliegenden Wand zu. Ihr Spiegelbild sah furchtbar aus. Blass, eingefallene Wangen, violette Augenringe. Das war in Ordnung. Augenringe ließen sich abdecken, Augen mit Wimperntusche öffnen.

Um ein Haar hätte sie nicht nach ihrer Zahnbürste, sondern nach Jimmy gegriffen. Die Nadeln in der Hand hätten sie immerhin aufgeweckt, allerdings entschied sie sich lieber für die humanere Methode eines langen, heißen Bads.

Nach dem ordentlichen Zähneputzen, um auch den ätzenden Geschmack aus ihrem Mund verschwinden zu lassen, beugte sie sich über das Becken, spuckte aus, richtete sich wieder auf und hatte plötzlich wieder ihr Gesicht vor sich. Und die Gestalt, die hinter ihr stand.

Marie wollte schreien, aber ihr Reflex zu kämpfen war stärker, deshalb holte sie aus und wirbelte herum. Doch wer auch immer sich in ihre Wohnung geschlichen hatte, war ihr bereits einen Schritt voraus.

Ihre Faust schoss durch leeren Raum und sie verlor an Gleichgewicht. Im letzten Moment vor dem fatalen Sturz konnte sie sich an der Badewanne abfangen, dann spürte sie eine Hand an ihrem Hinterkopf, die ihren Haarschopf packte, sie nach oben riss und in das heiße Badewasser drückte.

Marie schrie, jedoch drangen aus ihrem Hals statt Tönen nur ein Gurgeln und Luftblasen.

Denk schnell, befahl sie sich. Ihr panisches Zappeln brachte sie nicht weiter und ihre Sicht verschwamm mit den verstreichenden Sekunden. Je verzweifelter sie an den Armen ihres Angreifers riss, desto mehr schien sich der Griff zu festigen. Scheinbar gab es nichts, was sie jetzt noch tun konnte.

Der Geistesblitz traf sie im letzten Moment vor dem Bewusstseinsverlust. Mit letzter Kraft griff sie nicht nach hinten, sondern nach vorn nach dem Duschkopf, der in einer Halterung neben dem Hahn steckte. Als sie ihn zu fassen bekam, holte sie aus und schwang ihn in die Richtung, in der sie den Kopf des Unbekannten vermutete. Der nachgebende Widerstand verriet ihr, dass sie Erfolg hatte. Sie schnellte hoch, füllte ihre Lungen mit einer guten Portion Sauerstoff und brachte sich in Position, um dieser anderen Person in die Augen zu blicken.

Und das tat sie. Jedoch, als sie eine gute Sicht auf das Gesicht ihres Angreifers bekam, setzten sämtliche Kampf- und Überlebensinstinkte aus. Sie konnte nur dastehen, triefend nass und bewegungsunfähig. Das war ein Traum. Es konnte nur ein Traum sein, doch der Aufprall, als die Person auf sie zuschoss und ihr Knie in Maries Magen rammte, fühlte sich ziemlich echt an.

Marie keuchte auf. Mit einem Mal aus ihrer Starre gerissen, machte sie einen Hechtsprung in Richtung der offen stehenden Schlafzimmertür. Dieser kam abrupt zu einem Halt, weil sie etwas an den Füßen festhielt und quälend langsam wieder zurück ins Bad zog.

Jetzt schrie sie. Ihre Chancen, es ohne Hilfe hier herauszuschaffen, waren gering, wenn nicht gänzlich inexistent. Sie rief alles, was ihr auf die Schnelle in den Sinn kam: *Hilfe, Feuer* – doch selbst wenn sie jemand gehört hätte, blieb ihr nicht mehr viel Kraft.

Ihre Hände griffen nach allem, was sich in ihrer Reichweite befand, erst nach dem Türrahmen, dann nach der rostigen Leitung des Waschbeckens, die prompt entzweibrach. Sie warf sogar die frische Unterhose, aber nichts davon richtete etwas gegen die unaufhaltsame Macht aus, die sie genau da hatte, wo sie sie wollte.

Wieder bohrten sich Finger in ihre Kopfhaut, als man sie bei den Haaren griff und auf die Füße zog. Sie zappelte wie ein Fisch an Land, sah sich panisch gurgelnd nach etwas um, irgendetwas.

Da! Jimmy neben dem Waschbecken. Wenn sie sich noch ein bisschen streckte, nur ein paar Zentimeter ...

Neben ihrem Ohr erklang ein Knurren, dann wurde sie erst nach hinten gerissen und anschließend kam das Waschbecken mit rasender Geschwindigkeit näher. Als Marie mit dem Gesicht auf dessen Rand aufkam, spürte sie, wie ihre Zähne daran zersplitterten. In ihrem Mund war so viel Blut ...

Ihre Beine hatten nachgegeben, ihre Arme zitterten und vor ihren Augen tanzten schwarze Flecken, da wurde sie erneut gepackt. Fast fragte sich Marie, auf welche Oberfläche sie jetzt gedonnert werden würde. Entgegen dieser Erwartung schubste man sie vor die Kloschüssel und gab ihr noch eine Sekunde für den letzten Atemzug, dann wurde ihr Kopf unter Wasser gedrückt.

In diesem Moment hatte Marie keine Fluchtpläne mehr. Die steifen Finger fixierten sie unerschütterlich und auch ihr verzweifeltes Um-sich-Schlagen konnte ihr nicht mehr helfen. Stattdessen fragte sie sich, ob sie diesen letzten Atemzug nicht lieber hätte nutzen sollen, um noch einmal um Hilfe zu rufen.

Solche Dinge fielen einem leider immer erst ein, wenn es schon zu spät war.

EINE TASCHE VOLL MIT ...

Die Seite zu ihrer Rechten war leer und das Laken kalt. Dies war bereits seit Tagen der Fall, aber an diesem Morgen spürte Derica die Abwesenheit besonders deutlich. Gestern hätte sie laut ihrem Planer eigentlich das Bett neu beziehen müssen, aber Charlottes Geruch war das Einzige, das ihr Gesellschaft leistete. Das Haus war zu groß für eine Person und die beiden besaßen nicht einmal ein Haustier, das ihre Stimmung aufhellte und sie mit Hoffnung für die Zukunft beschenkte.

Derica hatte Haustiere immer abgelehnt und überzeugt den Standpunkt vertreten, dass ein Tier zu viel Arbeit machte. In Wahrheit fürchtete sie, es nicht korrekt zu behandeln und ihm nicht das perfekte Zuhause und ein gutes Leben bieten zu können. Nun jedoch ... Wenn all das vorbei war, würde sie Charlotte fragen, ob sie sich nicht doch eine Katze holen wollten.

Falls Charlotte überhaupt wiederkehrt.

Der Gedanke zuckte flink und schnell wie ein Blitz durch ihren Kopf. Erst war er da, dann wieder nicht. Aber sie hatte ihn wahrgenommen und schämte sich so unglaublich dafür. Sie hatte die letzten Tage viel Energie dafür verwendet, andere von Charlottes unvermeidbarer Wiederkehr zu überzeugen und jetzt kamen ihr solche Gedanken.

Natürlich würde sie zurückkehren. Hoffentlich unversehrt, im schlimmsten Fall verirrt oder verletzt. *Das* machte Derica Sorgen. *Darauf* sollte sie sich konzentrieren.

Sie schob die Schlafmaske auf ihre Stirn und blinzelte durch die träge Vormittagssonne, die durch die Jalousien auf den leeren Platz neben ihr schien. Normalerweise stand Derica immer früh auf, selbst am Wochenende – ganz im Gegenteil zu Charlotte. Der vorige Tag hatte sie jedoch sehr gefordert und sie hatte noch ewig wach gelegen, unfähig, die Zahlen, Buchstaben und Überwachungskamerabilder aus dem Kopf zu vertreiben. Namen wie Hitch und Misaki wollten ihr Bewusstsein nicht verlassen.

Über Charlottes Verschwinden nachzugrübeln und neue Erkenntnisse zu suchen, war generell nichts Schlechtes. Aber wenn sie gekonnt hätte, hätte sie sich die Detektivarbeit lieber für tagsüber eingeteilt, damit ihr Gehirn nicht immer auf Hochtouren arbeitete.

Derica setzte sich träge auf, streckte sich, rieb sich den Schlaf aus den verklebten Augen und gähnte.

Um ein Haar hätte sie geschrien, als sie endlich einen Blick auf das Fußende des Bettes warf.

***

Sie riss die Tür auf, noch bevor Misakis Finger die Klingel erreichte, und bekämpfte den Drang, sie am Kragen in den Flur zu zerren. Die jüngere Frau schritt fast gemütlich in ihre vier Wände und Derica vibrierte förmlich.

»Ganz ruhig, hier bin ich ja. Bereit, die Welt zu retten. Was gibt's?«

Statt ihr direkt zu antworten, brachte Derica nur ein »Folg mir« heraus und ging voran, zuerst in das Wohnzimmer.

Ihr fiel auf, dass Misaki staunte, mit dem Finger über die Möbel wischte, bei dem Versuch, einen Krümel Staub zu finden. Ihr fiel auch auf, dass sie die gemalten Kunstwerke an den Wänden betrachtete, dutzende Bilder von Pflanzen, Tieren und Menschen. Einige zeigten sogar Derica.

Aber die penible Einrichtung und die Bilder waren nicht das, weshalb sie Misaki vor einer halben Stunde so panisch angerufen und zu sich gebeten hatte. Sie führte sie die Treppe hinauf, durch ein mit weiteren Bildern bestücktes Treppenhaus in einen Flur, von dem drei Türen abgingen: das Kämmerchen, das Badezimmer und das Schlafzimmer. Sie betraten letzteres.

Auf den paar Metern vor der Tür zum Schlafzimmer hatte Misaki unaufhörlich die Einrichtung und das Haus gelobt, eine endlose Aneinanderreihung von »Ihr wohnt aber schön!« und »So sieht es bei uns nicht aus!«, die andere Menschen unmöglich in diesen kleinen Zeitraum hätten pressen können.

Jedoch, als sie nach Derica den Zielort erreichte, blieben ihr sämtliche Kommentare im Hals stecken. Sie stand nur da und starrte auf das Bett.

»Das gibt's«, sagte Derica nach einer Weile todernst.

»Ist das ...?«

»Sieht so aus.«

»Wie ist das hierhergekommen?«

»Das weiß ich nicht.« Wild gestikulierte sie vor sich hin. »Ich bin aufgewacht und da lag es.«

»Du hast es nicht bewegt?«

»Denkst du, ich bin bescheuert? Nach allem, was ich weiß, könnte da eine Bombe oder so drin sein.«

»Warum sollte jemand bei dir einbrechen und dir einen Rucksack mit einer Bombe ins Bett legen? Wenn dich jemand töten will, hätte er dich im Schlaf mit einem Kissen erstickt oder so.«

Derica starrte Misaki an. Misaki erwiderte den Blick verwirrt. »Danke. Genau das, was ich hören wollte. Sehr beruhigend.«

»Hey, zumindest wissen wir, dass es keine Bombe ist.«

»Gut. Dann mach mal auf.«

Eine lange Pause entstand, in der Misaki immer wieder zur Tasche und wieder zurück zu Derica blickte, sich jedoch keinen Zentimeter von der Stelle entfernte oder mit dem Finger zuckte. Langsam hob Derica eine Augenbraue.

»Ich meine ... Da könnten trotzdem gefährliche Dinge drin sein. Infizierte Nadeln. Tollwütige Tiere mit spitzen Zähnen. Leichenteile.«

Als sich Dericas Augen beim letzten Wort weiteten, zog Misaki ihre Vermutung rasch zurück.

»W-wobei die natürlich mittlerweile zu riechen angefangen hätten. Das Ding riecht nach ...« Sie beugte sich mit präziser Vorsicht in Richtung des berüchtigten schwarzen Rucksacks und schnüffelte die Luft. »Nach nichts, nicht so wirklich. Vielleicht ist er leer.«

»Vielleicht.« Sie seufzte. »Gibt nur eine Möglichkeit, das herauszufinden.« Jeder Knochen in ihrem Körper sträubte sich dagegen, aber ihr blieb nichts anderes übrig. Zumindest hatte sie eine Zeugin bei sich.

Derica griff hinter sich, schob die lautlosen Türen des Kleiderschranks auf und krallte sich einen unbenutzten Kleiderbügel, den sie mit beiden Händen zu einem verlängerten Haken formte. Misaki nickte ihr entschlossen zu, dann gingen die beiden Frauen in die Hocke, um auf Augenhöhe mit der Tasche zu sein und sich im Notfall rechtzeitig ducken zu können.

Quälend langsam lenkte Derica den Draht, hakte ihn in das Schiffchen des Reißverschlusses ein und zog. Zentimeter für Zentimeter. Zahn für Zahn. Schließlich hatte sie den Reißverschluss vollständig geöffnet und ihr blieb nur das Anheben des Stoffes, um die Antwort zu erhalten, vor der sie sich so fürchtete. Sämtliche ihrer Muskeln waren angespannt und sie erwartete, dass ihr jede Sekunde etwas entgegensprang und ihr das Gesicht mit scharfen Klauen und Reißzähnen zerfetzte. Sie hob den Haken und beide Frauen spähten in das Innere der Tasche.

»Was?«, wisperte Derica ungläubig und richtete sich prompt auf. Sämtliches Misstrauen und die Anspannung verschwanden innerhalb eines Augenblicks und ehe sie sich versah, stand sie dort und wühlte mit beiden Händen im Inhalt des Rucksacks.

Misaki stand mit weit aufgerissenen Augen hinter ihr. »Ist das echt?«

»Sieht so aus.« Konzentriert nahm sie eines der Bündel an Dollarnoten und blätterte hindurch wie durch einen Stapel Karteikarten. »Allerdings weiß ich nicht, woran man das feststellt.«

»Ich habe noch nie so viel Geld gesehen! Wie viel, glaubst du, ist das?«

Wenn sie die Anzahl der Scheine in einem Bündel und die Anzahl der Bündel in der Tasche betrachtete, lag der von ihr geschätzte Wert bei etwa einer halben Millionen Dollar. Sie schluckte. »Viel. Es ist viel.«

***

Beim Abstieg hatte sich Misakis Starre gelöst und nichts hielt sie mehr davon ab, die wildesten Theorien zu spinnen.

Derica hörte ihr nicht zu. Wortlos führte sie Misaki in den Keller, bestehend aus einem einzigen großen Raum mit grobem hölzernem Dielenboden, Regalen an den Wänden, Truhen und Krimskrams in allen Ecken und blanken weißen Wänden.

Na ja. Großteils zumindest.

»Deshalb glaube ich, dass die Regierung involviert ist und du mit deiner Suche nach Charlotte die Aufmerksamkeit des Präsidenten erweckt hast, der ... whoa.«

Am Fuß der Treppe blieb sie stehen. Im Schein der aufflackernden Deckenlampe strahlten die Farben des Wandgemäldes förmlich, als würden die Hügel, Bäume und Tiere lebendig werden.

Es war nicht bloß eine friedliche, idyllische Fantasie, gefangen in einer staubigen Kleinstadt. Es war ein Paradies aus atmendem Grün und wirbelndem Blau. Eine Landschaft, bestehend aus saftigen Wiesen, endlosen Feldern und weit entfernten Waldstücken. Das einzige Anzeichen, das die Existenz einer Zivilisation erahnen ließ, war die Hütte am rechten Bildrand, weit im Hintergrund. Das bedeutete jedoch nicht, dass das Bild einsam war. Im Gras hausten Käfer, über dem Feld schwebten Libellen, es flatterten Schmetterlinge und hoch im Himmel segelten Umrisse von Vögeln. Je länger man hinsah, desto mehr Details fand man: einen Fuchs im Graben, eine Feldmaus zwischen den Grashalmen und sogar einen Hirsch, der aus dem Wald spähte.

Vor der Wand stapelten sich Wasser- und Farbeimer. Der Boden direkt vor der Wand war mit Zeitungen ausgelegt und zahlreiche Pinsel lagen entweder verstreut auf der Zeitung oder standen mit dem Stiel nach unten in einem Einmachglas.

»Charlotte dreht mir den Hals um, wenn sie erfährt, dass ich dich das sehen lasse.«

»Das hat *sie* gemalt?« Sogleich ergänzte sie: »Nicht, dass ich dachte, sie habe keine Talente! Es ist nur so wunderschön. Und das soll niemand sehen? Warum nicht?«

»Es ist noch nicht fertig. Zumindest sagt sie das immer, obwohl schon alles da ist. Wenn es um Kunst geht, ist sie ziemlich perfektionistisch. Da noch ein Grashalm, hier noch ein Lichtpunkt, ein neuer Schatten. Langsam bin ich überzeugt, dass sie erst aufhört, wenn sie dort ist.«

»Dort?«

Derica nickte. »Es ist kein realer Ort. Mehr eine Erwartung. So stellt sie sich die irische Natur vor, dabei war sie noch nie dort.« Als sie das sagte, entwich ihr ein amüsiertes Schnaufen. »Wir haben uns versprochen, dass wir irgendwann einmal dorthin ziehen. Aber das Versprechen existiert nur, um unser Leben erträglicher zu machen und uns ein Ziel zu geben.«

Ihre Augen wurden erschöpft und drifteten ab, als wäre sie plötzlich weit, weit weg. Dann zuckte sie zusammen, wie ein Körper kurz vor dem Einschlafen. Sie machte sich daran, ein loses Dielenbrett in der Mitte des Raums hochzustemmen und den Rucksack mit den Geldscheinen mit Mühe in den winzigen Hohlraum zu quetschen.

»Du denkst, dass Charlotte dir den Rucksack gebracht hat«, stellte Misaki fest. »Warum?«

»Wir haben sie damit gesehen«, ächzte Derica und drückte die Tasche mit all ihrer Kraft nach unten. »Und es ist mehr als genug, um von hier zu verschwinden und in einem anderen Land von Neuem zu beginnen. Wir haben nicht viel, weißt du. Das war immer das Problem. Geld. Und Arbeit. Für uns beide ist es nahezu unmöglich, eine vernünftige Arbeit zu finden, von der man leben kann. Charlotte hat die Schule mit sechzehn abgebrochen.«

Misaki zuckte mit den Achseln. »Ich auch.«

Verwirrt pausierte Derica ihren Versuch, die Regeln der Physik zu brechen, und schaute auf. »Du machst Witze.«

»Ich mache keine Witze. Warum denkt jeder, dass ich mir das ausgedacht habe?«

»Weil ...« Sie rang nach Worten. »Weißt du, wie sehr du mir nach nur einem halben Tag bei der Suche nach Charlotte geholfen hast?«

»Nach Charlotte zu suchen, ist nicht das Gleiche, wie von sämtlichen Menschen des Jahrgangs fertiggemacht und anschließend von den Lehrern bloßgestellt zu werden, weil man keine Energie mehr für solche öden Dinge wie Geometrie hat.«

»Das ist ...« Sie schluckte. »Tut mir leid, das zu hören.«

»Muss es nicht, das ist ewig her. Also ... Charlotte?« Ein Nicken in Richtung des fast versenkten Rucksacks stellte klar, was sie meinte.

Derica wollte glauben, dass der Rucksack von Charlotte stammte. Er war in ihrem Besitz gewesen und weder Türen noch Fenster wiesen Spuren eines Einbruchs auf, als habe die unbekannte Person einen Schlüssel benutzt. Aber vieles daran ergab keinen Sinn.

»Warum ist sie wieder gegangen? Warum hat sie mich nicht geweckt, um es mir zu erklären? Es macht fast den Eindruck, als möchte sie, dass ich das Geld nehme und allein damit auswandere, aber das würde ich *niemals* tun und das weiß sie. In dem Ding ist nicht einmal ein Brief, der mir erklärt, was das alles soll. Sie kann es nicht gewesen sein.«

»Wer dann?«

»Meine Familie? Mein Bruder?« Um den unter dem Dielenbrett hervorschauenden Rucksackzipfel zu verbergen, schnappte sie sich einen der leeren Farbeimer und platzierte ihn provisorisch auf der Stelle. »Eines weiß ich: Es bereitet mir tierische Kopfschmerzen, darüber nachzudenken. Mein Vorschlag ist, dass wir mit der Suche weitermachen wie bisher und das Geld vorerst in diesem Versteck lassen. Einen Teufel werde ich tun, es diesem Monopoly-Mann von einem Sheriff auszuhändigen.«

»Ich stimme dir in allen Punkten vollkommen zu. Allerdings, bevor wir gehen ...« Sie deutete mit dem Daumen über ihre Schulter, auf die Gefriertruhe hinter sich. »Hast du Eis da? Ich bin am Verhungern.«

NUR HELFEN

Mr. Monopoly hatte es sich zur Aufgabe gemacht, alle Passanten aus dem Bereich vor dem Mehrfamilienhaus zu vertreiben und sich aufzuführen, als würden kleine Kinder auf dem Weg zum Spielplatz mit bösen Absichten gaffen.

»Das ist ein Tatort, bitte gehen Sie weiter. Hier gibt es nichts zu sehen.«

Wenn sie vorher nicht gegafft haben, werden sie es jetzt ganz bestimmt tun, dachte sich Derica, als sie am Polizeiauto vorbeigehen wollte – bis ihr auffiel, dass dies die Adresse war, die Deb ihr aufgeschrieben hatte. Das war das Haus, in dem Marie wohnte. Das war ihr Ziel.

Misaki schien es ebenfalls zu merken. Sie schauten sich mit gerunzelten Stirnen an, bevor sie sich zögerlich dem Sheriff näherten. Er trug wieder seine Uniform, die sich über dem Bauch spannte, und diesmal sogar einen Hut, was ihn allerdings nicht professioneller aussehen ließ. Die beiden Frauen bemerkte er erst, als sie direkt neben ihm standen. Für einen Moment überlegte Derica, ob er es gemerkt hätte, wären sie einfach an ihm vorbei ins Gebäude gegangen, da drehte er sich zu ihnen um und machte das überraschteste Gesicht, als würde er keine Menschen an öffentlichen Orten erwarten.

»Nanu, was tun Sie denn hier?«

»Was tun *Sie* hier? Nein, lassen Sie mich raten. Das ist ein Tatort, nicht wahr?«

»Ganz genau«, sprach er und streckte die Brust heraus, als hätte er ihren bissigen Seitenhieb gar nicht bemerkt. »Das ist ein Tatort, weshalb ich Ihnen den guten Rat gebe, sich von dem Haus fernzuhalten und weiter zu gehen, damit ich meinen Job machen kann.«

»Aber ... Sie sind gar nicht da drin«, bemerkte Misaki.

Das schien ihn aus der Bahn zu werfen. »Nun, nein, aber ...«

»Und Sie stehen hier draußen, anstatt den Tatort zu untersuchen und Zeugen zu befragen.«

»Wir haben bereits einige Untersuchungen angestellt, die ...«

»Sie sagten, Sie wollen nur Ihren Job machen, aber ich kann mich nicht daran erinnern, dass es die Aufgabe eines Sheriffs ist, unbeteiligte Leute vom Tatort zu verjagen. Schon irgendwie merkwürdig.«

Der Ausdruck auf Hitchs Gesicht war ausreichend, um Dericas Sorgen für einen Moment verschwinden zu lassen. Es stahl sich sogar ein verschmitztes Lächeln auf ihre Lippen.

Zumindest bis der Wagen vorfuhr.

Sogleich galt die Aufmerksamkeit der gesamten Straße dem schwarzen Auto mit dem schiefen Nummernschild, das mit etwas zu viel Selbstbewusstsein neben das Polizeiauto schlitterte und nur eine Haaresbreite davon entfernt war, dessen Seitenspiegel ins Jenseits zu katapultieren. Hitchs Schnurrbart zuckte merklich.

Kaum erstarb das Surren des Motors, sprang ein junger Mann mit mittellangem blondem Haar und einem Filmstarlächeln heraus, fuhr sich mit einer Hand durch die Mähne und holte mit der anderen eine Zigarette aus der Brusttasche seines Hemdes. Sein Lächeln flackerte nicht einmal, als er den schockierten Sheriff entdeckte und mit federnden Schritten auf ihn zuging.

»Guten Morgen! Hoffentlich unterbreche ich nicht diese schöne Zusammenkunft. Eigentlich möchte ich nur schnell vorbei, eine Freundin besuchen.«

Hitchs großer Moment war gekommen. »Leider kann ich Ihnen den Zutritt nicht gewähren.«

»Oh?« Der Mann steckte sich die Zigarette in den Mundwinkel, entzündete sie jedoch nicht. »Darf ich fragen, warum nicht?«

Misaki lehnte sich in die Richtung des Fremden und flüsterte für alle hörbar: »Man sagt sich, das hier sei ein Tatort.«

»Ein Tatort?«

»Ja, ein Tatort.

»Sagt man sich das?«

»Ja, man sagt sich, das sei ein Tatort.«

»Ein Tatort ... Unfassbar.«

Hitch räusperte sich. »*Wie dem auch sei.* Niemand darf das Gebäude betreten, bis wir unsere Untersuchungen abgeschlossen und den Tatort gereinigt haben. Das kann noch einige Stunden dauern.«

»Moment mal, ich muss da rein. Eine Freundin wartet auf mich.«

»Wie lautet der Name Ihrer Freundin?« Hitch zückte einen Notizblock und einen mikroskopisch kleinen Kugelschreiber und schaute den Fremden mit erhobener Augenbraue an, als würde er ihm kein Wort glauben.

»Marie Philips.«

Als er den Namen sagte, fühlte sich Derica, als wäre gerade eine wichtige Zusammenführung des Schicksals geschehen, allerdings wusste sie nicht, was sie bedeutete.

»Die wollen wir auch besuchen.«

Der blonde Mann widmete ihr endlich seine Aufmerksamkeit, als habe er sie jetzt erst bemerkt. »Wirklich? Sie hat nie erwähnt, dass sie Freundinnen hat.«

»Entschuldigung. *Entschuldigung.*« Der Sheriff hatte Mühe, sich gegen die Stimmen der sich unterhaltenden Beistehenden durchzusetzen. Als sie ihren Austausch unterbrachen, räusperte er sich übertrieben laut und setzte eine mitleidige Miene auf, als hätte er einen Schalter umgelegt. »Es tut mir leid, Ihnen mitteilen zu müssen, dass Marie Philips tot in ihrer Wohnung aufgefunden wurde.«

»Was?«, fragten Derica und Misaki wie aus einem Mund.

»Was?«, fragte auch der Mann und klang dabei ehrlich fassungslos.

»Beruhigen Sie sich, beruhigen Sie sich. Kein Grund, einen Aufstand zu machen.«

Derica sah sich um. Sowohl sie als auch Misaki und der Mann waren trotz der Schockstarre vollkommen ruhig.

»Leider ist das alles, was wir Ihnen zu diesem Zeitpunkt sagen können. Wenn Sie denken, dass Sie uns etwas in diesem Fall mitteilen können, wird Deputy Farley Ihre Kontaktdaten entgegennehmen. Wenn Sie mich jetzt entschuldigen könnten?«

Mit einem theatralischen Seufzen gab Hitch seinen Straßenposten auf und beschloss stattdessen, richtige Arbeit zu leisten und das Gebäude durch die schmutzige Glastür zu betreten. Seine angeblichen Gaffer ließ er allein zurück.

Der Mann lächelte jetzt nicht mehr. Er blies seine Wangen auf und verschränkte seine Hände im Nacken. »Eigentlich waren wir verabredet und ich sollte sie heute hier abholen. *Unglaublich.*« In Ermangelung an anderen Gesprächspartnern wandte er seine Worte an Derica und Misaki. »Glaubt ihr, sie wurde ermordet? Wenn das ein Tatort ist, meine ich ...«

»Wahrscheinlich«, murmelte Misaki nachdenklich. »Wir kannten sie nicht, aber sie spielt vermutlich eine Rolle in einem Vermisstenfall, den wir gerade aufklären.«

»Vermissten ...« Seine Augen weiteten sich, als sei ihm eine Eingebung gekommen. »Seid ihr diejenigen, die nach ihrer Kollegin suchen? Nach Charlotte?«

»Du kennst Charlotte?«, rief Derica lauter als beabsichtigt. Vielleicht hatte dieser Kerl sie gesehen. Vielleicht wusste er etwas über den Rucksack. Wenn sie es geschickt anstellte, konnte sie Informationen darüber erlangen, ohne ihm davon zu erzählen, dass sie in diesem Moment eine halbe Millionen Dollar unter ihren Dielenbrettern versteckte.

»Ja. Ich war mit Marie befreundet und habe sie hin und wieder im Diner besucht. Charlotte war manchmal da. Gestern hat sie mir von ihrem Verschwinden erzählt und das hat mich ziemlich schockiert. Bist du etwa ihre Frau?«

Derica nickte, ihre Augen strahlten in Erwartung an all die Hinweise und Geheimnisse, die dieser Fremde mit etwas Glück verbarg.

»Ich bin Raphaël. Schön, dich einmal persönlich zu treffen. Charlotte hat von dir gesprochen. Hat sie mich nie erwähnt?«

»Derica ... und ... nein. Hat sie nicht. Sie erzählt mir ohnehin nicht gerade viel von der Arbeit und von den Menschen, die sie dort trifft. Verzeih mir die Unterstellung, aber du wirkst ungewöhnlich gelassen für jemanden, der gerade erfahren hat, dass seine gute Freundin vermutlich ermordet wurde.«

Zum ersten Mal seit seiner Ankunft dachte Raphaël daran, seine Zigarette anzuzünden und gönnte sich sogleich einen besonders langen Zug. »Ich fühle eine ganze Menge und bin schockiert, unglaublich schockiert, doch die Wahrheit ist, dass es viele Menschen gab, die Marie nicht unbedingt leiden konnten. Im Gegensatz zu ihnen habe ich versucht, über ihre Charakterschwächen hinweg zu sehen. Außer mir hatte sie kaum Freunde. Nicht einmal Nachbarn. Das halbe Gebäude steht wegen Schimmels leer. Unter ihr wohnt nur ihre Vermieterin.«

Er deutete zur anderen Straßenseite, wo Deputy Troy Farley etwas in ein kleines Notizbuch schrieb. Ihm gegenüber stand eine uralte und winzige Frau mit krummem Rücken und einer blumenbesteckten Handtasche in ihren krallenartigen Fingern.

»Die Uhrzeit, Mrs. Addison!«, rief er. »Wann haben Sie die Leiche gefunden?«

»Was?!«, krächzte sie.

»Ich sagte: Wann haben Sie gemerkt, dass das Wasser in Ihre Wohnung fließt?!«

»Ich habe schon getrunken, aber vielen Dank.« Sie drückte ihm einen Haufen Kleingeld in die Hand. »Geh doch und kauf dir davon etwas Schönes, ja? Grüß deine Mutter von mir, Troy.«

Als Derica sich wieder umdrehte, stand Raphaël da mit verschränkten Armen und beobachtete die Szene mit einem verlorenen Kopfschütteln. »Ja, sie hatte keine Freunde.«

»Glaubst du, sie hatte eine Ahnung, wohin Charlotte verschwunden sein könnte? Wir glauben, dass sie die letzte Person war, die Charlotte an dem Tag gesehen hat.«

Auf diese Frage reagierte Raphaël mit einer langen, nachdenklichen Pause. Er stand da, rauchte und trat die

Zigarette schließlich mit seinem strahlend weißen Turnschuh aus. »Was ich glaube, spielt keine Rolle, aber auf mich hatte es den Anschein, als wüsste sie von nichts. Sie klang verängstigt, als sie mir davon erzählte, dass ihre Kollegin von einen Tag auf den anderen verschwunden war. Jemand, mit dem sie gearbeitet hatte. Jemand, den ich sogar kannte. Jemand, der nett war, zuvorkommend, obwohl sie ihre Arbeit nicht leiden konnte. Wenn eine junge Frau in dieser Gegend nicht mehr auftaucht, ist das für gewöhnlich ein sehr schlechtes Zeichen. Deshalb möchte ich euch helfen.«

Misaki und Derica verständigten sich mit einem Blick.

»Wie das?«, fragte die Jüngere.

»Mir wird gesagt, dass ich gut darin bin, Dinge zu finden. Und ihr habt Wissen über Charlottes Privatleben. Schließen wir uns zusammen, sind wir das perfekte Team. Höchstens zwei Tage und wir wissen, was mit Charlotte passiert ist.«

***

Die darauffolgenden Stunden begannen vielversprechend, aber mit jeder verstreichenden Minute und jedem neuen Schauplatz, den die drei anfuhren, wuchsen die Zweifel. Raphaël war ein grausiger Detektiv.

Es war immer das Gleiche: Raphaël fragte Derica nach einem Ort, den Charlotte gern besuchte. Ein Lieblingscafé? Ein Stück Natur? Eine bestimmte Parkbank? Derica würde nachdenken und ihm nach einer Weile einen Platz nennen, an den Charlotte manchmal fuhr, um sich zu beruhigen, zu spazieren, einzukaufen. Widerwillig beantwortete sie ihm die Frage, wo sie sich getroffen hatten, wo das erste Mal geküsst, wo geheiratet worden war. Anschließend fuhren sie an diese Orte, stiegen aus und suchten alles ab. Sie fanden nichts und Raphaëls Anweisungen, wonach sie suchten, waren vage und undeutlich. Wenn sie ihn fragten, nach welchem System er die Orte nachverfolgte oder was er zu finden hoffte, sprach er von Hinweisen und so zu denken wie Charlotte.

Als es dunkel wurde, zogen sich die beiden Frauen in sein Auto zurück und beobachteten ihn dabei, wie er die Gasse hinter Charlottes liebster Bäckerei untersuchte.

»Ich vertrau ihm nicht«, brach Misaki die Stille.

»Bisher hatte ich den Eindruck, dass du ihn magst.«

»Zunächst schon, aber jetzt wirkt er nicht so, als würde er uns überhaupt helfen wollen. Schau ihn dir an! Er durchwühlt den Müll!«

Nach der Bemerkung musste Derica schmunzeln. »Du hast gestern auch den Müll durchwühlt.«

»Das war kalkuliert und gezielt«, zischte sie. »Was er da tut, lässt mich glauben, dass er dir nicht helfen will.«

»Du hast recht«, sagte Derica. »Dasselbe habe ich auch gedacht.«

»Was hat er dann vor? Will er sich hilfreich fühlen? Uns auf die Nerven gehen? Uns daran hindern, Charlotte zu finden?«

»Nein«, murmelte Derica und ließ den Mann, der enttäuscht gegen den Müllcontainer trat und sich noch eine Zigarette anzündete, nicht aus den Augen. »Ich glaube, dass er nach etwas sucht. Und ich glaube, dass er nicht weiß, dass ich dieses Etwas gerade unter den Dielenbrettern in meinem Keller versteckt halte.«

AM RANDE

Nachdem Raphaël die beiden Frauen bei Charlottes Auto abgesetzt hatte (nicht ohne es vorher ausgiebig zu inspizieren), warteten sie, bis er aus ihrem Sichtfeld verschwand. Dann rissen sie die Türen auf, ließen sich auf die Sitze fallen und Derica startete hektisch den Motor.

Sie hatten Glück, denn sie sahen gerade noch, wie Raphaëls Auto um die nächste Ecke verschwand. Derica schaltete die Scheinwerfer aus und hängte sich an ihn dran.

Misaki übernahm die Navigation. Einige Male wären sie um ein Haar an Kreuzungen falsch abgebogen, aber ihre Sinne waren scharf und Dericas Reaktionszeit schnell.

Der schwarze Wagen fuhr einmal quer durch Benjamin's Wagon bis an den Stadtrand, wo sich die Häuser über das Land verteilten wie lichtes Haar.

Einen Mann wie Raphaël würde man in dieser Gegend nicht vermuten. Viele der Gebäude waren alt und baufällig und von verkniffenen Greisen bewohnt, allerdings fuhr Raphaël auch an ihnen vorbei und noch weiter in die Einöde, bis er zur Wohnwagensiedlung kam.

Derica runzelte die Stirn. Was wollte er hier? Sein Auto war zwar schmutzig und leicht mitgenommen, aber teuer. Er konnte es sich leisten, in einer schönen Wohnung zu leben.

Als er langsamer wurde, wurden auch sie langsamer, und als er den Wagen ganz am Rand der Siedlung abstellte, parkte Derica mit einigem Abstand ebenfalls.

»Was jetzt?«, flüsterte Misaki, obwohl das gar nicht vonnöten war. Die Türen waren noch geschlossen.

»Wir sind ihm nicht bis hierher gefolgt, um jetzt nach Hause zu fahren. Wir gehen ihm nach. Vielleicht hält er Charlotte in einem von diesen Wagen fest und wir erwischen ihn auf frischer Tat. Was Hitch nicht tut, müssen wir eben erledigen.«

Jetzt, nachdem sie es ausgesprochen hatte, kribbelte ihr Bauch wie verrückt. Das musste er sein. Der Ort, an dem sie Charlotte finden und befreien würden. Sie war bloß noch einen Steinwurf entfernt.

Derica stieg aus und mied es, die Autotür zuzuknallen. Geduckt schlichen sie sich von Wohnwagen zu Wohnwagen, spähten um Ecken und drückten sich durch blattlose Sträucher.

»Was macht ihr da?«, segelte eine Stimme durch die Nacht und Derica und Misaki wichen erschrocken herum. Ihnen gegenüber stand ein Mann um die Fünfzig mit schütterem Haar, schiefen Zähnen und einer Truckerkappe auf dem Kopf. Seine Augen waren groß und glasig wie die eines an der Raststätte im Regen ausgesetzten Hundes. Er war nicht besonders bedrohlich und seine Zahnfehlstellung war der Grund für einen auffälligen Sprachfehler. Derica meinte, ihn irgendwoher zu kennen, allerdings wusste sie nicht woher.

»Es tut uns schrecklich leid, ist das Ihr Garten?«

Er schüttelte den Kopf. Erst jetzt fiel ihr auf, dass er die beiden mit einer Taschenlampe anleuchtete. Sie war nicht besonders hell.

»Ist von meiner Nachbarin. Aber sie mag's nicht, wenn man ihren Garten zertrampelt. Earl hat mir mal gesagt, sie hätte deswegen mal wen erschossen. Hab ihm nicht geglaubt. Lottie is' 'ne nette Frau. Manchmal ein bisschen streng mit mir. Hat mir beigebracht, die Leute zu grüßen, weil das unhöflich war, wenn ich es nicht getan habe. Verstehe das mit der Höflichkeit irgendwie nicht. Die Leute sehen mich doch, was soll ich da grüßen? Sie sehen mich und ich sehe sie. Aber bin trotzdem dankbar, dass sie das gemacht hat. ›Ronny‹, hat sie gesagt, ›wenn du mich nicht grüßt, setzt es was.‹ Und dann hat sie noch ein paar Wörter gesagt. Böse Wörter über mich. Aber sie ist nett. Habe nur Angst, dass ihr erschossen werdet, deshalb dachte ich, ich warne euch.«

»Du bist Ronny Maynard«, stellte Derica fest. Sie sagte besser nicht, dass sie den Namen aus der Schule kannte, wo ihn sich die Kinder ständig gegenseitig an den Kopf warfen. Sie hatte schon von solchen klassischen Spielen gehört wie ›Wie viele Steine kann man nach Ronny Maynard werfen, bis er aufwacht?‹ oder ›Wer kommt am nächsten an Ronny Maynard, ohne sich vom Gestank zu übergeben?‹. Zunächst hatte sie ihn für eine Märchenfigur gehalten, die die Kinder sich ausgedacht hatten. Jetzt stand er wahrhaftig vor ihr und ihr wurde klar, dass sie ihn des Öfteren in der Stadt gesehen hatte.

»Und du bist diese eine von den O'Leons.«

Sie nickte nur.

»Ich mag die O'Leons nicht.«

»Ja«, sagte sie leise. »Ich auch nicht.«

Das schien ihm tatsächlich ein kleines Lächeln zu entlocken, bei dem er seine schiefen Zahnreihen entblößte. »Hoffentlich werdet ihr nicht erschossen.«

»Danke«, antwortete Misaki nach kurzem Zögern.

Ronny Maynard zuckte mit den Schultern, schaltete die Taschenlampe aus und drehte sich um, um wieder zu seinem Wohnwagen zu schlurfen. Derica und Misaki warteten, bis die Tür hinter ihm zufiel, dann sprinteten sie gleichzeitig los. Möglicherweise war es noch nicht zu spät. Sie rannten in die Richtung, in der sie Raphaël vermuteten, konnten jedoch niemanden entdecken. In einigen der Wohnwagen brannte Licht und schemenhafte Figuren bewegten sich hinter den Fenstern. Manche Bewohner sahen fern und der Schimmer der Bildschirme flackerte auf die dunklen Wege.

Derica wollte fast dazu übergehen, durch wahllose Fenster zu spähen, als sie Raphaël entdeckten, wie er aus einem der Wohnwagen trat und einen Müllbeutel wegbrachte. Er rauchte dabei. Natürlich rauchte er.

Derica und Misaki suchten hinter einem halb verrotteten Bretterzaun Schutz und warteten ab, was als Nächstes geschah.

»Das kann nicht ewig so weitergehen«, rief er in den Wagen, während er den Müllbeutel in die Tonne warf. »Du musst dich aufraffen, sonst wird das Konsequenzen haben. Nicht nur für dich, sondern auch für mich.« Er stapfte die paar Stufen wieder hoch und verschwand in dem Wagen. Diesmal ging Misaki voraus und suchte sich eine Stelle hinter dem Wagen, direkt unter einem kleinen, offenen Fenster. Von hier unten konnten sie nicht sehen, was im Inneren des Wagens geschah, aber sie verstanden jedes Wort.

Die sogleich eintretende Enttäuschung bestand darin, dass es nicht danach klang, als befände sich Charlotte in diesem Wohnwagen. Derica war sich so sicher gewesen, sie endlich mit nach Hause nehmen zu können. Stattdessen hörte es sich an, als sprach Raphaël mit einem anderen Mann, der nur hin und wieder eine kurze Antwort oder ein kleinlautes Geräusch von sich gab. Seine Stimme klang kraftlos, ganz im Gegensatz zu der von Raphaël, die sich problemlos durch die Nacht kämpfte.

»Heute habe ich noch nicht mit ihm gesprochen, aber irgendwann wird er nicht mehr von den offensichtlichen Problemen abgelenkt sein und sich wieder dir widmen. Ich möchte einfach nicht, dass dir etwas passiert.«

»Warum?«, fragte der andere leise.

»Ich mag dich. Du erinnerst mich an mich selbst, als Andrej mich aufgesammelt hat, aber ich bin über solche Dinge hinweggekommen. Irgendwann geht das alles an dir vorbei und du bist in der Lage, das zu tun, was man von dir verlangt.«

»Ich wollte nur meiner Mutter helfen ...«

»Und das hast du! Na ja, du wirst ihr geholfen haben, sobald Andrej das Geld gefunden hat.«

»Und wenn er es nicht findet?«

Raphaël zögerte ein paar Sekunden zu lang. »Er wird es finden.«

»Wird man uns umbringen?«

»Nein, unmöglich. Diese Stadt ist nicht riesig und die Versteckmöglichkeiten sind begrenzt. Für den extrem unwahrscheinlichen Fall, dass wir diesen verdammten Rucksack niemals finden, bleibt uns noch die Hoffnung, dass Kronos Andrej die ganze Schuld daran gibt und uns in Ruhe lässt.«

Es entstand eine lange Pause.

»Marie ist tot.«

Auch wenn sie sein Gesicht noch nie gesehen hatte, wusste Derica, dass der andere Mann die Augen aufriss.

»Was?«

»Ich war heute da. Wahrscheinlich wurde sie umgebracht. Habe überlegt, ob ich es dir sagen soll, aber es ist vermutlich besser. Früher oder später findest du es ohnehin heraus.«

»War das Kronos?!«

»Unwahrscheinlich. Die Übergabe ist erst übermorgen und es ist unmöglich, dass Kronos die Sache mit dem Geld bereits mitgekriegt hat. Es gibt viele Leute, die Marie nicht leiden konnten.«

»Nur weil du jemanden nicht leiden kannst, ist das noch lang kein Grund, ihn zu töten. Nur Hass treibt Menschen zu solchen Taten. Abgrundtiefer Hass.« Die Stimme des Mannes war fast ein Flüstern und Derica musste sich strecken, um ihn besser verstehen zu können. »Vielleicht war es Andrej. Vielleicht hat sie ihn verärgert und jetzt bin ich der Nächste.«

»Ich glaube nicht, dass die beiden ein Problem miteinander hatten, aber sicher kann ich mir nicht sein. Ich kenne Andrej seit Jahren, über Persönliches hat er jedoch noch nie mit mir gesprochen. In all der Zeit hat er nicht einmal erwähnt, ob er eine Familie hat. Gar nichts. Seinen Namen kenne ich, das war's. Marie kannte ihn besser, allerdings hat sie mir auch nichts erzählt.«

Es erklang ein Geräusch, als würde Raphaël sich setzen. Ein Stuhl knarrte.

»Ich ... Ich würde jetzt lieber gern allein sein.«

»Was?«, spuckte Raphaël. »Ich kümmere mich um dich und du wirfst mich einfach raus?«

»Es war eine Bitte. Nur eine Bitte. Im Moment schlafe ich kaum, doch ich sollte es zumindest versuchen.«

In den darauffolgenden Sekunden schien Raphaël nachzudenken, dann stand er wieder auf und seine Jacke raschelte.

»Ein gutes Argument. Bis der Deal durch ist, werde ich in den nächsten Tagen Andrej unterstützen. Heißt, wir sehen uns erst am Dienstag wieder. Okay?«

»Okay.«

»Pass auf dich auf.« Er klopfte dem Mann lautstark auf die Schulter und wandte sich zum Gehen. Zumindest hörte es sich so an. Derica hätte nicht ahnen können, dass Raphaël sich plötzlich aus dem Fenster beugte, um nach dem Griff zu angeln.

Ihre Blicke trafen sich für einige sehr stille Sekunden, dann fiel ihm die Zigarette aus dem Mund und die Starre war gelöst. Seine erste Aktion war ein derber Fluch. Dericas und Misakis erste Aktion war es, die Beine in die Hand zu nehmen.

Es war gar nicht so einfach, in diesem Wirrwarr aus Wohnwagen, dürren Sträuchern und Bretterzäunen einen Fluchtweg zu finden. Misaki war nur wenige Meter vor Derica, die in ihren Ballerinas Mühe hatte mitzuhalten. Dämliche Schuhe! Wer hätte gedacht, dass sie heute mit den Dingern um ihr Leben laufen musste? Am liebsten hätte sie sie abgestreift, aber der Gedanke, in herumliegende Glasscherben zu treten, ließ sie trotz allem tapfer durchhalten und mit zusammengebissenen Zähnen das Tempo erhöhen.

Sie schnellte um die nächste Ecke und hätte um ein Haar Misaki über den Haufen gerannt, die sich in einer Wäscheleine verfing wie in einem übergroßen Spinnennetz.

»Was tust du?!«, zischte Derica und befreite ihre Begleiterin hektisch, aber sicher.

»Offensichtlich habe ich das Teil nicht gesehen!«, erwiderte Misaki ebenso giftig und riss sich mit ihrer Hilfe frei.

Zunächst dachte Derica, sie hätten Raphaël irgendwo hinter den letzten paar Biegungen verloren, doch eine Stimme, scharf wie Glasscherben, durchbrach die Nacht.

»Hey! Stehen bleiben!«

Und dann sah sie ihn. Er stand direkt hinter ihnen, nur wenige Meter entfernt neben einem Wohnwagen im Dreck, schnaubend wie ein müder Ochse. Vermutlich hatte er sich über den Zaun gehievt, um ihnen den Weg abzuschneiden.

Misaki machte einen Sprung über das Wäscheleinen-Gewirr und Derica wollte ihr gerade folgen, da wurde die Tür vom Wohnwagen schwungvoll aufgestoßen und eine dicke Frau im Nachthemd und mit hochrotem Kopf stürzte heraus. Sie würdigte Derica keines Blickes, als sie zu Raphaël herumwirbelte und mit einer alten Schrotflinte auf dessen Kopf zielte. *»Beweg deinen Scheißhintern aus meinem Blumenbeet!«*

Auch wenn sie sich dieses Schauspiel gern angesehen hätte, nutzte Derica die Gelegenheit, um die Flucht zu ergreifen.

GEJAGT

Raphaël gelang es entgegen aller Erwartungen inklusive seiner eigenen, nicht erschossen zu werden. Was genau er sagte, um sich aus diesem Schlamassel zu manövrieren, hatte er bereits wenige Momente später vergessen. Wahrscheinlich erzählte er etwas über die wunderschön wutfunkelnden Augen der Frau oder ihr liebreizendes, in blindem Zorn verzerrtes Gesicht. Jedenfalls ließ sie nach einer langen Diskussion von ihm ab, spuckte ihm vor die Schuhe und kehrte in ihren Wagen zurück, nicht ohne ihm vorher den Mittelfinger zu zeigen und die Tür so fest zuzuschlagen, dass in der Ferne eine Krähe aufflog.

Raphaël tat einen tiefen Atemzug und erinnerte sich, weshalb er überhaupt hier war. Ach ja. Seine Schatten.

Wie zu erwarten waren die beiden Frauen wie vom Erdboden verschluckt. Er kannte die grobe Richtung, in der die beiden verschwunden waren, aber als er den Weg abging, fielen ihm die vielen Reifenspuren und der aufgewirbelte Schmutz an der Straße auf und er musste sich eingestehen, dass sie vermutlich mit dem Auto geflohen waren.

Er hätte sie fragen können. Natürlich hätte er sie einfach fragen können, wo sie wohnten. Dann hätte er zumindest ihre Adressen und könnte sie wieder aufspüren. Stattdessen stand er mit leeren Händen da und ihm blieb nichts anderes übrig als aufzugeben.

Kein Problem, sagte er sich, damit er nicht aufstampfte wie ein frustriertes Kleinkind. Andrej würde die Adresse der Lehrerin kennen, und wo sie war, konnte die andere nicht weit sein. Er würde ihn allerdings über diesen kleinen Ausrutscher informieren müssen und hatte jetzt schon keine Lust darauf, Andrejs Zorn ausgesetzt zu werden. Immerhin konnte er, im Gegensatz zu Maurice, mittlerweile damit umgehen.

Er wählte Andrejs Nummer an Ort und Stelle, während er an der staubigen Straße am Rand der Siedlung stand und seinen Blick über das trockene Flachland schweifen ließ, das sich außerhalb des sanften Laternenscheins in Schwärze auslöste. Er hasste diesen Teil der Stadt. Hier lebten mehr Menschen, als es den Anschein hatte, alle versteckt in ihren winzigen Wohnwagen. Selbst Maurice wohnte normalerweise mit seiner Mutter zusammen. Raphaël mochte sich nicht vorstellen, wie es sein musste, auf so engem Raum zwischen Kakerlaken und angebrochenen Konservendosen zu leben.

Als müsste er sich von einem finsteren Gedanken losreißen, schüttelte er den Kopf. Immerhin besaß er das Geld, um ganz allein in einer vernünftigen Wohnung zu leben, mit einer großen Küche und einem gigantischen Fernseher. Nach allem, was er von Maurice wusste, hatte er nicht das Glück. Er war abhängig, wirklich *abhängig* von diesem Job.

Andrej nahm nicht ab, was ihn die Stirn runzeln ließ. Sollte Raphaël noch auf dem aktuellen Stand sein, so wartete sein Boss gerade ganz versessen darauf, dass ihn endlich Neuigkeiten in diesem Fall erreichten. Wenn ein Anruf nicht drin war, würde er ihm zumindest eine Nachricht hinterlassen. Dann sollte der Kerl mal versuchen, ihm zu unterstellen, dass er sich nicht genug ins Zeug legte, um ihn über die jüngsten Vorkommnisse zu unterrichten.

»Hey, ich weiß nicht, ob du schläfst oder so, aber wir haben ein kleines Problem. Ah, Mist.« Die Zigaretten. Er hatte die Zigaretten bei Maurice liegen lassen. Schlurfend setzte er sich in Bewegung. »Ich habe Charlottes Frau und noch eine andere befragt. Misaki irgendwas. Habe vorgegeben, ihnen zu helfen, jedoch ist nichts dabei herumgekommen. Sie wissen vermutlich nichts von dem Geld.«

Der trockene Boden knirschte unter seinen Schuhen.

»Leider sind sie mir gefolgt und haben mich belauscht, deshalb gehe ich davon aus, dass sie jetzt zu viel über die Sache wissen, als dass du sie ungeschoren davonkommen lassen möchtest. Ich glaube allerdings, dass ein kleiner Denkzettel bei ihnen genügt. Sie sind bloß ...«

Das Knirschen stoppte abrupt. Da stand jemand am anderen Ende der Straße. Direkt neben seinem Wagen.

Raphaël senkte die Stimme. »Ruf mich zurück. Hier möchte jemand Stress machen. Bis dann.«

Er steckte das Handy weg und näherte sich in mäßigem Tempo. Wer auch immer dort außer Reichweite der Laterne stand, er hatte ihn gesehen. Die Gestalt war ihm zugewandt. Nur ein Schemen.

Raphaël liebte dieses Auto. Es hatte einmal seinem Bruder gehört und jetzt gehörte es ihm. Das Einzige, das von ihm noch geblieben war. Diese Nacht wurde schlimmer und schlimmer.

»Hey!«, zischte er. »Das ist mein Auto!«

Die Gestalt rührte sich nicht und Raphaël ging stetig weiter.

»Gehen Sie da weg. Da gibt es nichts zu holen. All mein Geld ist bei mir und wenn Sie auf die Idee kommen, mich anzugreifen, stehen Ihre Chancen schlecht.«

Immer noch keine Regung. Endlich blieb er stehen, nur etwa zwanzig Meter vom Schemen entfernt. Vielleicht hatte er all das falsch eingeschätzt? Was, wenn das nur jemand war, den er bei einem nächtlichen Spaziergang unterbrochen und ihm anschließend eine Heidenangst eingejagt hatte?

»Sorry. Ich möchte Ihnen nichts Böses. Interessieren Sie sich dafür? Es steht leider nicht zum Verkauf, aber ich kann Ihnen einige Händler nennen, mit denen es lohnt, sich in Verbindung zu setzen.«

Keine Reaktion. So langsam wurde Raphaël die Sache unheimlich.

Unheimlich?

Das war es. Hier wollte ihm jemand einen Schrecken einjagen. Eine der beiden Frauen oder sogar die, die ihm eben fast die Rübe weggepustet hätte. Zur Hölle, vielleicht war es sogar Andrej, dem es nicht zusagte, dass er sich um Maurice kümmerte.

Aber Andrej würde so etwas nicht tun. Er war direkt.

Ein Teenager? Es musste bloß ein Teenager sein, denn wenn Maurice recht besaß und Kronos sie einen nach dem anderen ausschalten ließ ...

Nein, das konnte nicht sein. Die Übergabe stand noch aus. Nie im Leben würde ...

Da! Der Unbekannte bewegte sich. Zunächst wankte er nur kaum merklich zur Seite, als würde er wie ein Grashalm vom nicht existenten Wind geschaukelt werden, doch dann tat er einen quälend langsamen Schritt nach vorn. Dann noch einen. Erst tastete er mit dem Fuß, als würde der Boden bei einer falschen Bewegung unter seinen Füßen zerbrechen, aber dann trat er schwerfällig auf, wodurch ein Ruck durch seinen ganzen Körper ging.

Raphaël griff nach dem Messer in seiner Jacke. Hier stimmte etwas nicht.

»Maurice?«, fragte er schwach.

Keine Antwort.

»Lass den Scheiß, ich warne dich.«

Die Figur kam näher.

Mit einem Mal war Raphaëls Kehle trocken wie Sandpapier. Ihm war der Grund nicht einmal bewusst. Immerhin würde er sich wehren können. Wie viele Menschen war dieser andere kleiner als er. Des Weiteren hatte er sich als Jugendlicher für diverse Kampfsportarten interessiert und an Turnieren teilgenommen. Er hatte zwar nie gewonnen, aber die Erfahrung bestand trotzdem.

Dann trat der Unbekannte in den Lichtkegel der Straßenlaterne.

Raphaël gefror das Blut in den Adern. Er krächzte, machte einen Schritt rückwärts und stolperte, landete mit dem Hintern im Staub und rappelte sich hektisch wieder auf. Fast wäre das Messer aus seinen tauben Fingern geglitten, aber er hielt es trotz allem fest umklammert.

Sobald er wieder auf den Füßen stand, drehte er sich um und rannte. Er wusste nicht wohin. Zum Wagen konnte er nicht. Mit dieser Richtung, mit dieser näheren Umgebung wollte er nichts zu tun haben. Stattdessen sprintete er die Straße entlang – Wohnwagen zu seiner einen, Dunkelheit zu seiner anderen Seite.

Gerade als er in Betracht zog, an eine der Türen zu klopfen und um Hilfe zu rufen, nahm er hinter sich eine raschelnde Bewegung wahr. *Unmöglich!* Warum wurde er plötzlich so schnell verfolgt?

Im Rennen kam ihm zwischen all der Todesangst ein ungewollter Gedanke, der ihn einen Teil seiner Konzentration dazu verschwenden ließ, sein Telefon hervorzuziehen. Maurice war immer noch in seinem Wohnwagen. Wahrscheinlich schlief er. Was immer er tat, er musste sofort da raus. Raus aus dem Wagen, sich bei seinen Nachbarn verstecken. Bestenfalls raus aus der Stadt.

Raphaëls Hände zitterten und im Rennen war es schwierig, die Worte auf dem Display zu erahnen, aber er erkannte Maurice' verschwommenen Namen und tippte keuchend darauf.

Keine Antwort. Möglicherweise war es für seinen Freund schon zu spät. Gerade als er versuchte, ein weiteres Mal Andrejs Nummer zu wählen, rutschte ihm das Telefon aus den schwitzigen klammen Fingern und er blieb reflexartig stehen, um es wieder aufzuheben. Dabei fiel sein Blick zurück.

Zu nah.

Er ließ es liegen und stürmte weiter, starr nach vorn sehend. Den Fehler, über seine Schulter zu schauen, würde er so schnell nicht wieder begehen. Wenn alles nach Plan verlief, würde er das, was da hinten auf ihn zugeschossen kam, nie wieder zu Gesicht bekommen.

Schon in der Schule hatte Raphaël als bester Läufer geglänzt, doch das war vor dem Einsetzen des dreißigsten Lebensjahres und der jahrelangen Nikotinsucht gewesen. Seine Lungen waren nicht mehr das, was sie zu sein pflegten, was in diesem Moment seinen Tribut einforderte. Sein Hals brannte wie Feuer und seine Rippen stachen wie abgebrochene Knochenstücke in sein Fleisch.

Die Wohnwagen waren weit hinter ihm und vor ihm lag nur die Straße. Er brauchte ein Ziel, einen Ort der Sicherheit.

Würde er die ewig lange Straße weiter bis in ein dichter besiedeltes Gebiet der Stadt verfolgen, standen seine Chancen schlecht. Ihm wurde bereits schwarz vor Augen!

Aber hier draußen war niemand, der seine Hilferufe hören würde. Keine Menschenseele. Raphaëls Leben hing von niemand anderem ab als ihm selbst.

Oder?

In jenem Augenblick fing er etwas ein. Zu seiner Rechten schimmerte ein künstliches Licht in der Ferne. Er nahm es nur aus dem Augenwinkel wahr, aber als er den Kopf drehte, um die Oase näher zu betrachten, hätte er vor Freude am liebsten gejauchzt. Er verschwendete keine Sekunde, sondern schlug einen scharfen Haken in Richtung der einzigen Tankstelle von Benjamin's Wagon.

Plötzlich kam er sich dämlich vor, dass er sich immer über die hohen Spritpreise beschwerte. Gerade war diese Tankstelle der schönste Ort der ganzen Welt.

Zwischen ihm und ihr lag eine weite trockene Fläche, aber die Aussicht auf Rettung ließ ihn an Geschwindigkeit zunehmen. Geschickt wich er den vertrockneten Sträuchern aus, die wie Haarbüschel aus dem rissigen Boden wuchsen. Das Licht wurde größer, heller. Die Neonröhren des Hinweisschildes glommen in der Nacht. Eines dieser Lichter zuckte wie ein sterbender Fisch auf einem Steg. Raphaël kümmerte es nicht.

Sie war zum Greifen nahe. Nur noch diese Anhöhe und ...

Direkt hinter ihm ertönte ein aggressives Knurren, wie das eines tollwütigen Tieres, anschließend ein wütender, kehliger Schrei. Dann platzte ein Regen aus Schmerz gegen seinen Hinterkopf und er wurde von den Füßen gerissen. Die Lichter der Tankstelle wirbelten um ihn herum und er wusste nicht, wo oben und wo unten war. Dennoch strampelte er mit den Beinen, versuchte sich in Richtung der Lichter zu drücken. Seine freie Hand fand Steine und Erdklumpen, er fühlte seine Jeans an den Knien aufreißen und trat wie wild nach hinten aus. Irgendetwas traf er und er nutzte die Gelegenheit, um auf die letzte Anhöhe in den Lichtschein zu stolpern. Er sah die Zapfsäulen, dahinter die automatischen Türen. Drinnen bewegte sich jemand.

Er wollte um Hilfe rufen, allerdings blieb ihm die Luft weg, als sein Knöchel gegriffen und er wieder zu Boden gerissen wurde. Sein Schrei war gurgelnd und plötzlich spürte er auf sich ein Gewicht, Knie in seinem Bauch.

Das Messer! *Natürlich!*

In blinder Verzweiflung biss er die Zähne zusammen und riss die Hände hoch. Er stach zu, dutzende Male, immer und immer wieder zwischen die Rippen, bis seine Arme taub waren und ihn die Kraft verließ. Fast hätte er den Kopf zurückgeworfen und gelacht, doch etwas stimmte nicht.

Er hatte gedacht, das sei es gewesen.

Er hatte gedacht, es wäre vorbei.

Aber nichts änderte sich. Er wurde weiterhin zu Boden gedrückt, hatte immer noch dieses Knurren im Ohr. Der einzige Unterschied zu vorher waren die eiskalten Hände, die sich um seine Kehle legten und zudrückten.

Er zuckte und schüttelte sich, versuchte erneut nach dem Messer zu greifen, das ihm aus den müden Händen gefallen war, konnte es aber nicht mehr finden. Seine Finger umfassten Dreck, seine Füße strampelten ins Nichts. Und vor allem schwebte das Gesicht, das sich die ganze Zeit über nur wenige Zentimeter von seinem entfernt befand.

Poch.

Sein Herz schlug plötzlich so laut. Vielleicht hörte es der Mensch in der Tankstelle. So ein lautes Herz musste man einfach hören. Zumindest für Raphaël gab es keinen lauteren Ton.

Poch.

Die Finger um seine Kehle schmerzten ihn gar nicht mehr. Er gurgelte nicht mehr um Hilfe, er schlug nicht mehr um sich. Er lag einfach still da.

Poch.

Sein letzter Blick fiel nach oben, weil sich seine Augen wie von allein verdrehten. Merkwürdig. Waren die Lichter über ihm schon immer so strahlend und wunderschön gewesen?

BARNABYS SCHLÜSSEL

Alphonse Barnaby war müde und hungrig und musste außerdem dringend pinkeln. Er hatte den Tag damit verbracht, sich das Land anzusehen oder zumindest diese äußerst hässliche Ecke des Landes, die Benjamin's Wagon darstellte. Die Menschen waren nicht besonders gastfreundlich, das Essen schlecht und fettig und ein kleines Rotzbalg hatte ihn gefragt, ob er sein Jackett aus den Gardinen seiner Großmutter genäht hatte.

Immerhin war die Natur beeindruckend. Nicht, dass er weit gegangen war. Er hatte sich den Berg angeschaut und war durch den Wald spaziert. Seine Lackschuhe hatten ihm einige böse Blasen beschert. Er hatte noch nicht die Gelegenheit gehabt, seine Füße zu betrachten, aber er spürte sie gegen die Innenseite des feinen Leders scheuern und mit jedem Schritt weiter aufreißen.

Schnaubend zog er sich die metallene Treppe zu seinem Motelzimmer hoch. Es gab in Benjamin's Wagon nicht einmal ein vernünftiges Hotel! Er hatte in diesem Dreckloch unterkommen müssen, wo es von Viehzeug geradezu wimmelte. Barnaby wollte gar nicht wissen, was alles in diesen Bettlaken klebte.

Vor seiner Tür kramte er den Schlüssel aus der Tasche seiner weinroten Anzughose, steckte ihn ins Schloss und ließ es klicken. Die Tür schwang auf und er machte einen Schritt in das Dunkel des Zimmers.

Etwas zerbrach unter seinem Fuß.

Stirnrunzelnd tastete er nach dem Lichtschalter an der Wand zu seiner Linken und ließ das Zimmer im matten Orange erstrahlen.

Schränke und Schubladen waren aufgerissen und der Inhalt achtlos auf den Boden geworfen. Das Bett war gegen die Wand gestemmt, der Fernseher heruntergerissen und durch die offen stehende Badezimmertür konnte Barnaby die über die Fliesen verteilten Gegenstände erkennen. Seine Zahnbürste, seine Tabletten. Seine Parfumflasche war zersplittert und es roch beißend nach dem intensiven Rosenduft.

Barnaby trat einen Schritt zurück. Unter seinem Schuh kamen die Bruchstücke einer seltenen Halskette zum Vorschein, die er erst letzten Monat für dreizehntausend Dollar auf einer Versteigerung erstanden hatte.

Inmitten all des Chaos, das sich wie ein Schlachtfeld von ihm ausgehend erstreckte, saß ein Mann in dem altmodischen, braun gestreiften Fernsehsessel und betrachtete nachdenklich den schwarzen Bildschirm des Fernsehers, durch den sich ein hässlicher Riss zog. Der Mann trug teuer aussehende Sportschuhe, Jeans und eine Lederjacke. Sein Haar war kurz geschoren, seine Nase leicht krumm, als sei sie einmal gebrochen und falsch verheilt, und in seinen auffällig kaltgrauen Augen lag ein abwesender Blick. Nichts an seinem Verhalten ließ erkennen, dass er Barnabys Ankunft überhaupt wahrgenommen hatte, dennoch fing er nach einigen Sekunden unvermittelt an zu sprechen.

»Nichts Spannendes im Fernsehen.« Mit der Fernbedienung klopfte er auf sein Knie.

»Wer sind Sie?«, bellte Barnaby. »Wie sind Sie hier reingekommen?«

»Eingebrochen.« Der Mann nickte in Richtung Fenster. »Das macht man, wenn man in einen verschlossenen Raum möchte. Man bricht ein.«

Plötzlich kam sich Barnaby dumm vor. Er räusperte sich und machte den Rücken gerade. Von irgendwelchen dahergelaufenen Dieben würde er sich nicht zum Narren halten lassen. »Für gewöhnlich nehmen Einbrecher ihre Beute mit und verschwinden, bevor der Besitzer wieder zurückkehrt. Warum sind Sie noch hier? Mir scheint, als hätten Sie nicht gefunden, wonach Sie gesucht haben.«

»Und nur Dummköpfe beantworten ihre eigenen Fragen sofort, nachdem sie sie stellen.«

Barnaby gefiel die Implikation nicht. »Wenn Sie sich nicht mit sämtlichen Wertsachen in diesem Zimmer zufriedengeben, würde ich behaupten, dass ich Ihnen nichts bieten kann. Sie haben sich durch wahre Reichtümer gewühlt und alles liegen lassen.«

»Sie wissen, wonach ich suche.«

Barnaby ahnte es, aber bis jetzt hatte sich ihm der Zusammenhang nicht erschlossen. Langsam dämmerte es ihm aber und er begann trotz allem zu lächeln.

»Mr. Simón ... Sie glaubten doch nicht wirklich, dass Sie auf diese Art davonkommen, oder?«

Der Mann reagierte nicht, außer dass das Klopfen schneller wurde.

»Von den Umständen einmal abgesehen, freut es mich, Sie endlich kennenzulernen. Am Telefon klangen Sie irgendwie freundlicher. Ich hätte nicht gedacht, dass Sie zu solch niederen Mitteln zurückgreifen würden.«

»Ich brauche den Schlüssel.«

»Ich weiß«, lachte Barnaby. »Sie wollen den Lieberheimer Schlüssel. Deshalb bin ich angereist. Deshalb musste ich in diesem Loch unterkommen. Aber Sie haben Ihren Teil der Abmachung nicht eingehalten.« Er befeuchtete seine wulstigen Lippen mit seiner Zunge. »Hören Sie mir zu. Ich bin Geschäftsmann. In meiner Branche kann man sich etwas entweder leisten oder man handelt so gut, dass man es sich irgendwann leisten kann. Kann man das nicht, geht man nach Hause und überlässt die Ware jemand anderem. Für Sie ist es Zeit, einen Schritt zurück zu machen.«

Entgegen aller Erwartungen Barnabys begann Simón lautlos zu lachen. Barnaby stimmte unsicher mit ein.

»Möchten Sie nicht mit mir teilen, was Sie für so witzig halten?«

»Es ist witzig, dass Sie denken, ich würde hier ohne den Schlüssel verschwinden. Er befindet sich nicht in diesem Zimmer, was bedeutet, dass Sie ihn bei sich tragen. Wenn Sie ihn mir nicht freiwillig geben, muss ich ihn mir holen.«

»Sie wollen mich nicht niederschlagen, um an den Schlüssel zu gelangen. Ich habe in der Vergangenheit mit Leuten wie Ihnen gehandelt. Sie wissen nicht, wann Schluss ist. Ich mag aussehen wie jemand, der sich nicht verteidigen kann, aber diesen Fehler, mich zu unterschätzen, haben schon viele begangen. Was glauben Sie, wieso ich in meinen Kreisen derartig respektiert werde?«

»Ich werde Sie nicht niederschlagen.«

»Schön, dass wir uns in dieser Hinsicht verstehen.«

Er zog eine schallgedämpfte Pistole aus der Innenseite seiner Lederjacke und zielte so lässig auf Barnaby, als würde er eine Kamera ausrichten.

Mit einem Mal war das Blut aus Barnabys Gesicht gewichen. Er glaubte, seinen Augen nicht zu trauen. »Das können Sie nicht ernst meinen. Es handelt sich bei dem Lieberheimer Schlüssel lediglich um ein Sammlerstück.«

»Ziemlich teures *Sammlerstück*, finden Sie nicht auch? Aber nein, mir ist der Schlüssel gar nicht wichtig. Wichtig ist, dass ich ihn rechtzeitig bei dem abliefere, der ihn haben möchte, weil ich sonst eine ganze Menge Probleme bekomme. Es heißt mein Leben oder Ihres. Vielleicht können wir diesen letzten Teil vermeiden, wenn Sie mir das Stück jetzt aushändigen.«

Barnaby hatte die Hände gehoben und haderte mit sich. Er versuchte, sich nicht zu viel zu bewegen, aber der Drang, nervös von einem Fuß auf den anderen zu treten, war zu stark. »Ich kann Ihnen den Schlüssel nicht einfach geben. Er ist so viel wert –«

»Gut, dann nicht.«

Der plötzliche Schmerz in der Brust riss Barnaby von den Füßen. Er flog rückwärts durch die Tür und knallte mit dem Kopf gegen das Geländer der Brüstung. Dann rutschte er daran hinunter, wurde an den Füßen gepackt und zurück in das Zimmer gezerrt. Sein Jackett schleifte wie gebrochene Flügel hinter ihm her.

Simón durchwühlte seine Taschen, während er ausblutete, und fand den Schlüssel schließlich an dem schwarzen Lederband, das Barnaby um den Hals trug. Unsanft riss er es über seinen Kopf und hängte es sich selbst um, versteckt unter seinem Shirt.

»Es war mir eine Freude, mit Ihnen Geschäfte zu machen.«

Dann trat er über ihn hinweg und überließ ihn seinem Schicksal.

GEHEIMNISSE

»Ich will nicht klopfen. Willst du klopfen?«

Es war Sonntagmittag und die Sonne stand direkt über ihren Köpfen, fast als wolle sie auf sie achtgeben. Weder Derica noch Misaki hatten gewusst, wie sie als Nächstes vorzugehen hatten. Das Geld war immer noch im Keller verborgen, Charlotte immer noch verschwunden. An diesem Morgen war kein neues mysteriöses Objekt in Dericas Schlafzimmer erschienen. Für ihr weiteres Vorgehen blieben ihnen nur die Informationen, die sie in dem Gespräch am Vorabend erlauscht hatten.

Am Morgen hatten sich die beiden zusammengesetzt und ihre Gedanken gesammelt. Was genau hatten sie Neues erfahren? Ein Mann namens Andrej war hinter dem Geld her. Mit ihm zusammen arbeiteten zumindest Raphaël und der Mann aus dem Wohnwagen. Marie hatte ebenfalls für ihn gearbeitet, aber sie war tot. Vermutlich des Geldes wegen umgebracht, wenn man den Worten des Ängstlichen Glauben schenkte. Das Geld gehörte einem gewissen Kronos, allerdings wusste Derica nicht ganz, wie er ins Bild passte. Es lag nahe, dass er für Maries Tod verantwortlich war.

Wegen dieses Rucksacks war ein Mensch gestorben und jetzt war er in Dericas Besitz.

»Glaubst du, Charlotte hat Marie das Geld gestohlen?«, fragte sie, als sie beide vor den klapprigen Stufen des schmutzigen Wohnwagens standen.

Misaki zögerte. »Warum sollte Marie einen Rucksack mit Unmengen von Geld mit zu ihrer Schicht im Diner nehmen? Für mich sah es so aus, als hätte dort eine freiwillige Übergabe stattgefunden.«

Derica lachte ungläubig. »Du willst mir doch nicht etwa sagen, dass Charlotte ein Teil dieser Bande ist? Das kann ich mir nicht vorstellen. Sie ist ein liebenswürdiger Mensch. Ein bisschen chaotisch, ein bisschen mürrisch, manchmal ein bisschen aufbrausend. Ich musste sie oft davon abhalten, zum Haus ihrer Rabenmutter zu gehen und es in Brand zu stecken. Zugegeben, in der Vergangenheit hatte sie ihre Probleme mit dem Gesetz. Aber sie würde sich niemals wieder mit solchen Menschen einlassen. Das hat sie mir versprochen.«

»Und doch ...« Misaki seufzte, dann nickte sie wieder in Richtung der Tür. »Klopfst du jetzt?«

»Vielleicht ist er gar nicht zu Hause«, murmelte Derica, klopfte jedoch sachte gegen die Wohnwagentür. Die Schuldigen selbst zu befragen, war natürlich ein Risiko, eine andere Spur hatten sie hingegen nicht und der Mann hatte am Vorabend geklungen, als wollte er der ganzen Sache am liebsten den Rücken kehren. Möglicherweise war er zu helfen bereit.

Sie warteten gespannt, doch nichts passierte. Gerade wollten sie aufgeben und zurück in die Stadt fahren, da unternahm Derica einen letzten Versuch und bemerkte dabei, dass die Tür unter dem Druck ihrer Hand nachgab.

»Ähm«, machte sie.

»Was?«

»Die ist offen.«

Ein schelmisches Grinsen stahl sich auf Misakis Gesicht. »Du weißt, was das heißt.«

»Wir werden nicht einbrechen.«

»Technisch gesehen brechen wir auch nicht ein. Die Tür steht offen. Wir sind Nachbarn, die nach dem Rechten sehen.«

»Was, wenn der uns auch noch erschießt?«

»Du sagst das so, als wärst du bereits erschossen worden. Wurdest du erschossen? Ich wurde nicht erschossen. Rein da.« Sie gab ihr einen leichten Schubs und Derica war gezwungen, nach vorn zu stolpern und die Tür aufschwingen zu lassen. Es gab kein Zurück mehr. Sie wollte nicht riskieren, wie aufmerksame Nachbarn sie bei dieser fragwürdigen Tat beobachteten, deshalb trat sie über die Schwelle und ließ die Eindrücke des Innenraums auf sich wirken.

Die Fenster waren durch Jalousien abgedunkelt, aber es fiel noch genug Licht in den Raum, sodass sie alles deutlich sehen konnte. Erst stach ihr die schmutzige Kleidung auf dem Boden ins Auge, der verdreckte Kühlschrank, die von den Wänden blätternden Poster und Bilder. Den Mann im Sessel entdeckte sie als Letztes.

Erschrocken fuhr sie zurück und hätte dabei um ein Haar Misaki rückwärts aus dem Wagen gehauen.

Die junge Frau quiekte, doch dann sah sie ihn auch. Schon wollte Derica vortreten und sich für die Unannehmlichkeit entschuldigen, da hielt sie inne.

Der Mann, ein überraschend junger Kerl, dem das harte Leben viele Furchen ins Gesicht gegraben hatte, hatte den Kopf nach hinten gelegt und starrte geradewegs durch die beiden Eindringlinge hindurch auf einen Punkt hinter ihnen. Nach einigem Herumwedeln und Winken stand fest: Der Typ war mausetot.

»O mein Gott«, hauchte Derica und schlug eine Hand vor den Mund. »Er hatte solche Angst. Gestern noch hatte er solche Angst, dass sie ihn umbringen würden, und jetzt ist er tot.«

Misaki war bereits dabei, sich vor die Leiche zu knien und ihr Gesicht so nah an das des Toten zu bringen, dass Derica übel wurde.

»Aber er wurde nicht umgebracht. Kein Tropfen Blut, keine Schuss- oder Stichwunde und sein Hals ist ebenfalls unversehrt.«

»Dann wurde er vergiftet. Mir ist überhaupt nicht wohl damit, hier zu sein. Was, wenn uns jemand sieht?«

Misaki tat so, als hätte sie diesen letzten Teil nicht gehört. »Kein Gift. Schau dir mal sein Gesicht an. Kommt dir das nicht merkwürdig vor?«

Endlich zwang sich Derica, genauer hinzusehen. Der Anblick war grauenvoll. Der Mann hatte die Augen weit aufgerissen und sein Mund stand halb offen. Es war eine Fratze wie von einer schlechten Halloweenmaske. Seine Finger hatten sich in die Lehnen des Sessels gekrallt.

»Was soll daran merkwürdig sein? Er ist tot und sieht schrecklich aus, als hätte er den Teufel gesehen.«

»Exakt! Er sieht aus, als hätte ihn etwas so dermaßen erschreckt, dass er einfach ... aufgehört hat.«

»Moment mal«, unterbrach Derica sie in ihrem Eifer. Hätte sie in den letzten Tagen nicht genug Zeit gehabt, die junge Frau näher kennenzulernen, hätte sie ihr Verhalten als maximal besorgniserregend eingestuft. »Ist das überhaupt möglich? Bei alten Menschen mit einem schwachen Herzen kann ich mir das vorstellen, aber der Kerl hier war bestimmt nicht viel älter als du. Hätte ich mit Mitte zwanzig einen Herzinfarkt erlitten, hätte man mich bestimmt auch so schockiert vorgefunden.«

»Ja, vielleicht.« Misaki rappelte sich wieder auf.

Derica nutzte die Gelegenheit, um durch den schäbigen Anhänger zu schlendern und sich die Fotos am Kühlschrank anzusehen. Auf den meisten war nicht der junge Mann zu sehen, sondern eine mittelalte Frau mit einem breiten Lächeln. Auf vielen nahm sie den Mann in den Arm. Auf einigen war er sogar noch ein Kind, mal älter und mal jünger.

Die zahlreichen Krankenhausrechnungen auf dem kleinen runden Klapptisch waren nicht zu übersehen. Durch sie wollte sie sich nicht wühlen, aber auf der schmalen Arbeitsplatte in der Küche lag – mit dem Display nach unten – ein Smartphone. Die Neugier siegte.

»Das wischst du hoffentlich gleich wieder sauber. Sonst hat Hitch bald noch mehr Gründe, uns zu hassen.«

Derica murmelte Zustimmung, war jedoch sofort darauf in den Daten des glücklicherweise ungesicherten Telefons versunken. Zunächst fand sie nichts, was sie überraschte. Der Mann, dessen Name Maurice gewesen war, hatte viel mit seiner Mutter geschrieben. Derica verstand so gut wie kein Spanisch, allerdings klang das, was sie herauszulesen vermochte, hoffnungsvoll, fast schon optimistisch. Mitleidig warf sie einen erneuten Blick zu den vielen Rechnungen und fuhr anschließend mit ihren Recherchen fort.

Wie zu erwarten hatte Maurice in engem Kontakt mit Raphaël gestanden, auch wenn Raphaël allem Anschein nach nicht der Typ für Textnachrichten war. Von ihm waren dutzende Anrufe eingegangen. Der letzte gestern Abend. Unbeantwortet.

Mit Marie hatte er ebenfalls ein paar wenige Worte gewechselt. Darin ging es hauptsächlich um Treffpunkte und Uhrzeiten, allerdings nichts, was ohne Kontext verständlich geklungen hätte.

Die Korrespondenz mit einem gewissen Andrej war schon eher von Interesse.

»Dieser Andrej scheint ein unbequemer Zeitgenosse zu sein. Der arme Kerl hat über jede Nachricht wahrscheinlich ewig lange nachgedacht, um ihm nicht auf den Schlips zu treten. Er stimmt ihm in allem zu und hat anscheinend alles getan, was Andrej von ihm wollte. Vielleicht war doch er derjenige, der Marie umgebracht hat.«

Sie blätterte weiter, in der Hoffnung, auf eine Spur zu diesem mysteriösen Kronos zu stoßen. Stattdessen fand sie etwas anderes.

Mit einem Mal war ihr Rücken gerade und sie rührte sich nicht. Misaki hinter ihr schien es zu merken, denn von dort ertönte ihre fragende Stimme. Sie war unendlich weit weg.

»Was ist? Hast du etwas gefunden?«

Statt zu antworten, starrte sie weiter auf das Display, dann löste sich ihre Starre und sie reichte Misaki das Handy. Diese riss es ihr förmlich aus den Fingern und sah es mit eigenen Augen.

Langsam ließ sie es wieder sinken. »Ich hab's dir gesagt.« Derica erwiderte nichts.

***

»Ich kann mir nicht vorstellen, dass sie mir nichts davon erzählt hat.« Derica fuhr so riskant, dass Misaki auf dem Beifahrersitz ein bisschen grün um die Nase wurde. »Wir führen zwei getrennte Leben und sie teilt manchmal nicht gern von ihrem, aber diese Sache ist riesig. Marie ist tot, was bedeutet, dass Charlotte sich ebenfalls in Lebensgefahr befindet. Von wann ist die Nachricht?«

Es war nur eine einzige gewesen. »*Hey, hier ist Charlotte. Andrej hat mir deine Nummer gegeben.*« Mehr nicht.

»November.«

»Seit *November* läuft das schon?«

»Nein, seit November hat Charlotte Maurice' Nummer. Wenn er nur wegen seiner Mutter eingestiegen ist, ist er vielleicht noch nicht so lange dabei. Wir wissen nicht, wer von ihnen zuerst mit diesem Andrej in Kontakt getreten ist, deshalb sagt uns das nichts.«

Sie sprach es nicht aus, aber sie wussten beide, was jetzt getan werden musste. Immerhin waren sie gerade auf dem Weg dorthin. Derica hatte sich damit lange genug Zeit gelassen.

»Sie möchte es bestimmt.«

»Hm.«

»Es ist noch da, oder? Sie hat es nicht mitgenommen, als sie dir das Geld gebracht hat. Für mich klingt das, als würde sie wollen, dass du die Wahrheit kennst.«

»Wenn sich herausstellt, dass sie mir eine Nachricht auf diesem verdammten Handy hinterlassen hat, werde ich durchdrehen.«

Sie trommelte mit den Fingern auf dem Lenkrad herum und wartete darauf, dass die Ampel grün wurde. Die Straßen waren an diesem Tag wie leergefegt. Das war nichts Ungewöhnliches für einen Sonntag, aber heute erschien Benjamin's Wagon wie eine Geisterstadt.

Gleich nach Verlassen des Wohnwagens hatte Misaki einen Krankenwagen gerufen, damit wenigstens irgend-jemand vom Schicksal des armen Maurice erfuhr. Dann waren sie sofort gefahren und hatten erst wieder zu reden angefangen, als Derica der Kragen geplatzt war.

»Also ist sie auf der Flucht. Sie hat dir das Geld gebracht und wartet darauf, dass du abreist. Wahrscheinlich möchte sie dir folgen, wenn etwas Gras über die Sache gewachsen ist.«

»Vielleicht. Das werden wir gleich sehen.«

»Warum braucht ihr das Geld überhaupt?«, fragte Misaki schließlich. »Ihr wohnt in einem wunderschönen Haus und du bist Lehrerin. Ich verstehe, dass Charlotte als Bedienung nicht genug verdient, aber du kannst einfach an einer anderen Schule arbeiten.«

Misaki hatte wahrscheinlich mit vielem gerechnet, schaute aber überrascht drein, als Derica rechts ranfuhr und das Auto auf dem kleinen Parkplatz vor der Bäckerei parkte. Sie stieg nicht aus. Stattdessen kaute sie auf ihrer Unterlippe herum wie auf einem besonders schmackhaften Kaugummi.

»Okay«, sagte sie nach einer langen Pause. »Ich wäre dir dankbar, wenn du das, was ich dir jetzt erzähle, für dich behältst. Du redest gern und das verstehe ich. Du tratschst und plauderst gern und ich kenne dich nicht gut genug, um zu wissen, ob du ein Geheimnis für dich behalten kannst. Deshalb bitte ich dich darum. Wir haben in den letzten Tagen viel zusammen durchgemacht und du hast deine Freizeit geopfert, um mir zu helfen. Ich möchte es dir erklären.«

Misaki nickte benommen. Sie sah erschrocken aus, als habe sie nicht mit einer solchen Ansprache gerechnet.

Nach einem tiefen Atemzug zeigte Derica ihr ein sanftes Lächeln. »Ich bin keine Lehrerin.«

Für viele Sekunden sagte keine von beiden etwas. Dann ...

»Hä?«

»Allerdings habe ich dich nicht angelogen. Ich arbeite wirklich in der Grundschule und ich unterrichte dort.«

»Was dich zu einer Lehrerin macht.«

»Eben nicht. Ich wurde daheim unterrichtet und meine Eltern haben sichergestellt, dass ich keinen anerkannten Abschluss habe und nie aufs College ging. Benjamin's Wagon ist der einzige Ort, an dem ich arbeiten kann. Weil er meiner Familie gehört.«

So langsam schlich sich ein Ausdruck der Erkenntnis in Misakis Augen.

Derica fuhr fort. »Die O'Leons sind die wohlhabendste und einflussreichste Familie der gesamten Umgebung. Mein Bruder und ich haben uns losgesagt, aber ich stecke hier fest. Sowohl meine Arbeitsstelle als auch das Haus werden mir von meinen Eltern zur Verfügung gestellt. Deshalb brauchen wir das Geld.«

Ungläubig schüttelte Misaki den Kopf. Natürlich. Für sie war das etwas ganz Neues. Derica war mit dieser Art der Manipulation aufgewachsen. »Dürfen sie das überhaupt?«

»Meine Eltern dürfen alles.« Damit ließ sie den Motor an und lenkte den Wagen zurück auf die Straße.

IM VISIER

Als Andrej von Raphaëls Tod erfuhr, dachte er keine Sekunde lang an einen Zufall.

Man hatte ihn am Rand der Tankstelle im Staub gefunden. Erwürgt. Definitiv ermordet. Zumindest war es das, was er hörte. Er wollte sich dem Tatort nicht unnötig nähern, weil dort der neue Sheriff Hitch und dieser Trottel Farley herumschwirrten, Fotos machten und Spuren mit Wattestäbchen aufwischten.

Von Barnaby hatten sie wohl noch nichts gehört, aber es war nur eine Frage der Zeit, bis jemandem auffiel, dass er seinen Zimmerschlüssel nicht abgab.

Erst als er gegen Abend auch von Maurice' Tod erfuhr, war er sich sicher: Jemand hatte es als Nächstes auf ihn abgesehen. Seine Möglichkeiten waren begrenzt. Zuerst musste er die Identität des Mörders herausfinden. Er hatte sich mit der Zeit im Geschäft viele Feinde gemacht, einige Menschen übers Ohr gehauen und hintergangen, aber das hatte er größtenteils allein getan. Die anderen hatten ihn meistens zurückhalten wollen und ihm alternative Wege vorgeschlagen. Vor allem Raphaël war immer freundlich zu Kunden gewesen, weshalb Andrej nicht verstand, warum ihn jemand hatte umbringen wollen. Warum hatte es jemand ausgerechnet auf sie alle abgesehen?

Er hatte abseits der Tankstelle mit seinem Auto geparkt, gewartet und nachgedacht und dabei aus der Ferne die Polizeiwagen und das Absperrband betrachtet.

Raphaël hatte ihm kurz vor seinem Tod eine Nachricht hinterlassen. Den ganzen Morgen hatte Andrej damit zugebracht, seine Kontakte spielen zu lassen, um etwas über die beiden Frauen in Erfahrung zu bringen, die ihnen angeblich solche Schwierigkeiten bescherten. Um die eine war es still. Misaki Iwata war erst vor Kurzem mit ihrem Vater und ihrem Stiefbruder nach Benjamin's Wagon gezogen. Über sie gab es, außer ihrem Job als Kellnerin im Wagon Wheel, nichts in Erfahrung zu bringen.

Bei Derica O'Leon sah das Ganze schon anders aus.

Fragte man die richtigen Leute, waren diese gegen eine kleine Summe nur allzu bereit, etwas über die Familiengeschichte der O'Leons preiszugeben. Andrej hatte in der Vergangenheit bereits Bekanntschaft mit einem anderen der O'Leon-Geschwister gemacht, die Verbindung zur Familie jedoch nie offen hinterfragt. Es war ihm schlichtweg egal gewesen. Was er jetzt aber über sie hörte, ließ die Sache in einem ganz anderen Licht erscheinen.

Angeblich hatte Derica sich vor Jahren von ihrer Familie losgesagt, war jedoch aus unerklärlichen Gründen in der Stadt geblieben. Laut dem, was man sich sagte, war sie höflich, herzlich und durch und durch gut. Und dennoch ...

Sie war die Einzige, die in Frage kam.

Vielleicht hatte sie jemanden beauftragt. Vielleicht war ihr Bruder ebenfalls in die Sache involviert.

Andrej musste sich um sie kümmern. Wenn er Glück hatte, brachte er dabei sogar in Erfahrung, wo sich das Geld befand. Es wäre schade, wenn eine solche Summe einfach verloren ging. Wenn es jemand wusste, dann diese Derica.

Schließlich hatte sie noch eine ganze Menge mehr zu verbergen.

Er war nie selbst bei dem schönen Wohnhaus von Charlotte und Derica O'Leon gewesen, aber er kannte die Adresse und machte sich schließlich auf den Weg. Sein schwarzer Wagen war für eine solche Aktion zu groß und zu auffällig, weshalb er darauf achtete, auf Abstand zu bleiben und konzentriert durch die getönten Scheiben auf das Haus zu blicken.

Um fünfzehn Uhr bog Charlottes Auto in die Einfahrt und die beiden Frauen stiegen aus. Wenn Andrej sich auffällig vorkam, so waren die zwei ein wahres Leuchtfeuer. Misaki Iwata trug ein gelbes Sweatshirt und eine schwarz-gelb gestreifte Hose und Derica hatte aus irgendeinem Grund ein grünes Sommerkleid an und schützte sich mit einer Strickjacke vor der Kälte. Die Lehrerin schloss die Haustür auf und dann verschwanden sie aus seinem Blickfeld.

Zu seinem Pech war die Vordertür von der Straße aus gut sichtbar und an den Garten grenzten weitere Gärten der umstehenden Einfamilienhäuser. Auf der Straße spielten einige Kinder mit dem Ball und er ging davon aus, dass das Haus mit einem Alarmsystem ausgestattet war. Wenn er genug Zeit gehabt hätte, hätte er Derica O'Leon über mehrere Tage hinweg beobachtet und einen Einbruch geplant. So musste er draußen warten, die Türen und Fenster beobachten und auf eine Gelegenheit hoffen.

VERBINDUNGEN

Misaki sah Derica an, dass sie es plötzlich kaum abwarten konnte, sich auf das Smartphone ihrer Frau zu stürzen. Sie fiel förmlich in den Flur, schloss sogar hinter ihnen ab und rauschte in die Küche, wo das Telefon ganz unberührt auf der Theke lag.

Misaki wusste nichts mit sich anzufangen, weshalb sie sich an den kleinen Tisch setzte und wartete, während Derica ganz gebannt auf das Display starrte. Nach kurzer Zeit hielt sie ihr wortlos das Gerät entgegen.

In der Kontaktliste waren neben ihrer Frau, ihrer Chefin und einigen Namen, hinter denen Misaki Charlottes Kolleginnen vermutete, nur vier weitere Einträge.

»Also ist es offiziell«, murmelte Derica und las weiter. »Sie hat hinter meinem Rücken mit ihnen gearbeitet und sie anschließend bestohlen. Ich ... ich sollte verschwinden. Ausreisen. Wenn ich Pech habe, wird dieser Andrej mich benutzen, um sie wieder anzulocken. Ich bin tatsächlich in Gefahr.«

»Okay. Sammle dich, Derica. Er hat dir bisher nichts getan, was darauf schließen lässt, dass er nicht weiß, wo du wohnst.«

»Er hat Marie und vielleicht auch Maurice umgebracht und jetzt will er mich umbringen. O mein Gott.«

»Reiß dich zusammen!«, fuhr Misaki sie an und sie wurde augenblicklich still. »Hier drin bist du vorerst sicher und wenn du dich dazu entschließt, von hier zu verschwinden, hält dich nichts davon ab. Du hast das Geld.«

»Ich habe das Geld«, wiederholte Derica. »Ich habe das Geld ...«

»Hast du sonst noch etwas Hilfreiches gefunden? Vielleicht hat sie Marie oder so geschrieben, wohin sie fliehen wollte. Vielleicht musste sie deshalb sterben.«

Sie blinzelte, als habe sie vergessen, dass sie das Telefon in der Hand hielt, dann las sie weiter. Schüttelte den Kopf. Las noch ein bisschen weiter.

»Huh.«

Misaki hob den Kopf. »Ja?«

»Hier ... hat sie mit Andrej geschrieben. Alles nur sehr vage, wie bei Maurice, aber vor zwei Wochen schrieb er etwas von ›das Geld für den Schlüssel‹.«

»Ein bisschen viel für einen Schlüssel. Wahrscheinlich ging es um etwas anderes oder es handelt sich um irgendeinen Code.«

»Ja«, sagte sie leise. »Ja, vielleicht.«

***

Misaki blieb noch eine ganze Weile, um mit Derica für den Notfall Taschen zu packen, ihr beschwichtigend zuzureden und ihr zu versichern, dass alles gut werden würde. Ob sie selbst daran glaubte, hatte sie noch nicht entschieden.

Die Angelegenheit wurde immer verzwickter. Wenn sie nicht aufpasste, würde sie da bald selbst drinstecken, wenn sie das nicht bereits tat. Aber was hatte sie zu verlieren? Ihr

Leben war nicht gerade aufregend und wenn sie ehrlich mit sich selbst war, hatte sie die letzten Tage genossen.

Die beiden Frauen setzten sich zusammen, grübelten bei einem Glas Limonade über die möglichen Verbindungen, stellten Theorien und Vermutungen auf, die jedoch zu nichts führten. Immer wieder kehrten sie zu dem Schluss zurück, dass es besser wäre, würde Derica so schnell wie möglich verreisen.

»Wir kümmern uns morgen darum«, sagte Misaki schließlich mit einem ruhigen Lächeln auf den Lippen. Inständig hoffte sie, dass es genug war, um Derica heute Nacht schlafen zu lassen.

Als sich der Himmel draußen orange und violett färbte, schulterte Misaki ihre kleine Tasche und verabschiedete sich. Ihre Schicht im Wagon Wheel hatte sie am Freitag auf Monty abwälzen können, allerdings würde dieser das nicht noch einmal ohne Weiteres mit sich machen lassen. Nicht, ohne ihr stundenlang in den Ohren zu liegen. Leider hatte sie Pflichten und daran änderte auch eine kriminelle Verschwörung mit mehreren Todesfällen nichts.

Sie verließ das Haus, grüßte einen Nachbarn und schlenderte über den Bürgersteig. Nach fünf Minuten Fußweg erreichte sie den Supermarkt, wo sie sich eine Flasche Cola kaufte, um die Nacht zu überstehen. Einmal war sie bei der Arbeit eingeschlafen und Redd hatte sie schnarchend in der Küche vorgefunden. Mit genug Zucker im Blut würde ihr das garantiert nicht wieder passieren.

Sie hatte darüber nachgedacht, ob sie Redd von der ganzen Sache erzählen sollte, allerdings hatte er nicht so gewirkt, als wolle er je wieder etwas mit Ermittlungen und verzwickten Geschichten zu tun haben. Außerdem war der Fall nicht ihrer und solange Derica ihm nichts erzählte, würde sie es auch nicht tun. Sie kamen auch ohne den Ex-Sheriff zurecht. Erfahrung hin oder her.

An der Kasse hielt sie inne und schüttelte über ihre eigenen Gedanken den Kopf. Fall? Das musste der Beweis sein, dass sie ihre Berufung zur Detektivin bereits akzeptiert hatte.

Draußen auf dem Parkplatz klemmte sie sich die Flasche unter den Arm und schrieb ihrem Bruder, dass sie heute später nach Hause kommen würde.

Um zum Wagon Wheel zu gelangen, wäre sie normalerweise durch den Park gelaufen, allerdings dämmerte es bereits. Misakis Vater sorgte sich jedes Mal um ihre Sicherheit, wenn sie im Dunkeln heimging, und sie hatte ihm versprechen müssen, den nur spärlich beleuchteten Park zu diesen Zeiten zu meiden. Deshalb nahm sie den langen Weg an der Straße entlang, setzte ihre Kopfhörer auf und versank ganz in ihrer Musik. Sie versank so sehr, dass sie das Auto erst bemerkte, als es an ihr vorbeifuhr und wenige Meter vor ihr ruckartig zum Stehen kam.

Misaki hielt an und runzelte die Stirn.

Erst tat sich nichts und sie wollte schon nach dem Rechten fragen, da rollte sich eine kleine alte Frau aus dem Auto, warf einen Umschlag in den Briefkasten des angrenzenden Grundstücks und fuhr wieder davon.

Ein Glück. Fast wäre Misaki davon ausgegangen, dass man sie verfolgte. Ein Wunder, dass sie nachts nicht von finsteren Gestalten träumte, die sie umbringen wollten.

Erleichtert atmete sie auf und ging weiter, bog in eine Seitenstraße ein und drehte sich erst um, als sie den Windhauch spürte. Da war es schon zu spät.

Sie sah bloß noch das Aufblitzen der Brechstange.

KÖDER UND FALLE

Im Autoradio lief *Mr Moon* von Mando Diao. Normalerweise kümmerte Andrej sich nicht um Musik – sie lief eben im Hintergrund, damit es nicht so still war –, doch dieses Lied lief seit einiger Zeit so oft, dass ihm gar keine andere Möglichkeit geblieben war, als es sich Wort für Wort einzuprägen. Radio hatte viel zu viel Einfluss auf das Denken der Menschen. Ein unterschätztes Medium. Überall hieß es, dass niemand mehr Radio hörte, aber dann lief es beim Autofahren trotzdem und man nahm es kaum wahr. Zumindest bis einem bewusst wurde, dass man eben *doch* wusste, wer das letzte Baseball-Spiel gewonnen hatte.

Auf der Rückbank regte sich etwas. Andrej vermisste den alten Wagen. Damit hatte man Menschen in den Kofferraum sperren und sich während der Fahrt auf die Straße konzentrieren können. Bei dieser neuen Karre war der Kofferraum mit dem Innenraum verbunden und Andrej hatte das Mädchen lieber dort, wo er es sehen konnte.

Er richtete den Rückspiegel aus.

Misaki Iwata kam langsam zu sich. Erst blieb sie für ein paar weitere Sekunden ruhig, dann stöhnte sie, drehte den Kopf und blinzelte. Aus Erfahrung wusste er, dass sie einen Moment brauchen würde, um sich zu orientieren und die Fesseln zu bemerken, die sich in ihre Hand- und Fußgelenke schnitten. Als dieser Moment schließlich verstrichen war und sich ihre Blicke im Spiegel trafen, riss sie die Augen auf.

Dann ging das Geschrei los.

Durch den Knebel klang es gedämpft und nicht halb so angsteinflößend, wie sie vielleicht hoffte. Die vielen Verwünschungen und Beleidigungen, die man erahnen konnte, waren vulgär und unkreativ. Nichts, was Andrej nicht schon gehört hatte.

Er drehte die Musik voll auf und übertönte die Schreie.

Zu Zeiten wie diesen war Benjamin's Wagon am schönsten. Nicht nur stachen er und sein Auto weniger ins Auge, sondern auch die Luft hatte etwas Eindrucksvolles an sich. Es musste an den Lichtern liegen, die sie umgab. Den Neonschildern, die sie wie radioaktiv glühen ließen. Er genoss die Nacht.

Andrej ließ die letzten Gebäude hinter sich und nahm die einsame Straße in Richtung des Waldes, bog aber vorher ab. Er wollte woanders hin. Er wollte zum Paradise Lake.

Das Wasser ruhte wie immer unbewegt vor ihm wie ein schwarzes Laken, als er den Wagen abstellte. Paradise Lake war ein erbärmlich kleines Wasserloch, das seinem Namen nicht gerecht wurde. Genau genommen wunderte es Andrej, dass dieser Tümpel überhaupt einen Namen hatte. Er maß etwa vierzig Meter im Durchmesser und hatte nur ein einziges morastiges Ufer mit einem verfaulten, brüchigen Holzsteg. Dahinter schmiegten sich Bäume und Büsche an das schmutzige Wasser. Eine vereinzelte Straßenlaterne beleuchtete das Ufer. Niemand kam jemals her. Alle kannten Paradise Lake, aber keiner interessierte sich für diese Pfütze außerhalb der Stadt, da man wegen des verdreckten Wassers nicht einmal darin baden konnte. Es war ein guter Ort. Ein einsamer Ort.

Aus dem Handschuhfach angelte Andrej seine geladene Glock, verstaute sein Messer in seiner Jacke und wühlte in der Tasche des Mädchens nach ihrem Handy. Dann stieg er aus, öffnete die hintere Tür und packte die gedämpft protestierende Misaki an den Fesseln, um sie auf die Füße zu ziehen. Sie machte ein überraschtes Geräusch und versuchte nach kurzem Zögern, ihn mit ihrer Schulter zu rammen.

Gelangweilt wich er aus und schubste sie in die Richtung, in der er sie haben wollte. Der Grund war zum Ufer hin nur leicht abfällig und ansonsten flach, weshalb sie keine Probleme hatte, nach vorn zu schlurfen und vorsichtig einen Schritt auf den Steg zu machen.

Kurz nachdem sie ihn betreten hatten, holte Andrej das Handy hervor und löste den Knebel. Sofort schnappte Misaki nach Luft.

»Du meine Güte«, keuchte sie. »Weißt du eigentlich, wie schwer es ist, mit dem Ding zu atmen? Meine Nase ist ein bisschen verstopft. Du hättest mich fast umgebracht.«

»Code.«

Sie blinzelte. »Hä?«

Genervt hielt er ihr das Telefon unter die Nase. »Dein Code.«

»Oh. Ach so. Mein Geburtstag. Der 13. November.«

Andrej entsperrte das Gerät, wählte die Anrufliste und hielt es sich kurz darauf ans Ohr. Es klingelte dreimal, dann meldete sich eine leicht nervöse Frauenstimme.

»Gut, dass du anrufst. Ich hatte mir noch Gedanken gemacht über ...«

»Deine Freundin ist bei mir«, unterbrach er und sie verstummte sofort. »Wir sind am Paradise Lake. Komm unbewaffnet und ohne Umwege her. Nur du. Keine Polizei, keine Unterstützung. Sprich mit niemandem.« Er legte auf und warf das Telefon in den See.

Misaki schrie auf. »Was soll das?!«

»Klappe halten.« Gerade wollte er sie wieder knebeln, da lehnte sie sich ausweichend nach hinten und fiel dabei fast vom Steg

»Hey, warte! Warte ... Du bist Andrej, nicht wahr? Ich bin Misaki und ich habe mit der ganzen Sache absolut nichts zu tun.«

Er ging nicht auf sie ein. Die Masche war ihm bekannt. Die Geiseln versuchten, an die Menschlichkeit zu appellieren. Er hatte nie verstanden, wie das funktionieren sollte. Schließlich hatte man ein Ziel und wer war man, wenn man sich das einfach ausreden ließ?

»Bitte, hör mir zu. Ich weiß nicht einmal, worum es hier geht. Ich wollte Derica nur eine Freundin sein. Sie sah einsam aus und verzweifelt und ich wollte ihr helfen.«

»Wenn du so wenig weißt, wie du vorgibst, warum kennst du dann meinen Namen?«

Mehrfach setzte sie zu einer Antwort an, gab sich dann aber geschlagen. »Bitte verletz mich nicht.«

»Wenn deine Freundin kooperiert, wird es nicht dazu kommen.«

»Okay. Okay, gut.« Sie sah ein bisschen verwirrt aus, blieb dann aber entgegen seiner Erwartungen still.

Sie warteten etwa eine Viertelstunde lang. Das Licht von der Straße erhellte sanft das Zifferblatt seiner goldenen Armbanduhr, auf das er wieder und wieder starrte, als könne er die Zeit dadurch vorantreiben.

Endlich hörten sie das Motorengeräusch eines sich nähernden Wagens. Vorsorglich zog Andrej seine Waffe und drückte sie der sichtlich entsetzten Misaki gegen die Rippen.

Das Auto von Charlotte O'Leon fuhr vor und parkte neben seinem. Derica O'Leon stieg aus und gab sich Mühe, unbekümmert auszusehen, aber natürlich erkannte Andrej das. Solche Dinge bemerkte er.

Die Lehrerin kam mit versteinerter Miene auf sie zu und hielt etwa zehn Meter von ihnen entfernt auf sein Kommando.

»Das reicht.«

Sie sagte nichts.

»Das Angebot lautet folgendermaßen: Ich tausche sie gegen dich. Tritt freiwillig vor und ich lasse sie gehen.«

Ein Hauch von Unsicherheit glitt über Dericas Gesicht. »Warum gegen mich?«

»Stell keine dummen Fragen. Ich weiß von allem.«

»Nein, ernsthaft! Ich verstehe nicht, was du vorhast. Geht es um das Geld?«

»Ah«, machte er und lächelte zufrieden. »Also hast du das Geld.«

»Habe ich nicht«, antwortete sie etwas zu schnell.

»Red keinen Schwachsinn. Aber um deine Frage zu beantworten: Nein, es geht schon lange nicht mehr nur ums Geld. Das beschissene Geld ist mir mittlerweile egal.«

An diesem Punkt ließ sie ihre Maske vollends fallen. In ihren Augen stand die pure Verwirrung und sie schüttelte ungläubig den Kopf. »Dann erklär es mir.«

Das wiederum brachte *ihn* aus der Fassung. Er stabilisierte seinen Griff um die Pistole, weil er aus Versehen seine Hand gesenkt hatte. Das musste ein Trick sein, eine Lüge. Es gab keine andere Möglichkeit.

»Tu nicht so scheinheilig. Du warst es.«

»Ich war *was?*«

»Du hast sie umgebracht.«

Für eine Weile sagte Derica gar nichts, ließ die Worte auf sich wirken und schien zu überlegen, was er damit meinte.

»Wen soll ich umgebracht haben? Marie?«

»Sie alle. Marie, Maurice, Raphaël ...«

»Moment«, fiel sie ihm ins Wort. »Raphaël ist tot?«

»Natürlich ist er tot!« Ihm war gar nicht aufgefallen, dass sich seine Stimme nach und nach zu einem ungeduldigen Rufen erhoben hatte. »Sie sind alle tot. Du hast sie umgebracht oder sie umbringen lassen, jetzt ...« Nein, nicht zögern. Keine Schwäche zeigen. »Jetzt bin ich dran. Gib es zu.«

»Wir dachten, *du* hättest sie umgebracht.«

»*Warum zur Hölle sollte ich das tun?!*«

»Okay«, sagte sie plötzlich und hob beschwichtigend beide Arme. Es machte ihn rasend. Sie behandelte ihn wie ein Kind, das einen Wutanfall hatte und schreiend auf den Boden stampfte. »Lass uns logisch darüber nachdenken.« Langsam zeigte sie auf sich selbst. »*Ich* habe niemanden umgebracht oder umbringen lassen.« Dann zeigte sie auf ihn. »*Du* hast niemanden umgebracht oder umbringen lassen. Gibt es sonst noch jemanden, der infrage kommt? Ihr arbeitet für jemanden. Was ist mit diesem Kronos?«

Sie weiß von Kronos.

»Nein, nein, nein. Das ist *unmöglich*. Er hat ... Er hat keinen Grund, uns töten zu lassen, wenn ich doch alles habe, was er will.«

»Den Schlüssel?«

Er verstummte. Wann hatte er sich dazu herabgelassen, eine Unterhaltung mit ihr zu führen und warum wurde sie nicht wahnsinnig über die Tatsache, dass er ihrer Freundin mit einer schussbereiten Pistole in die Seite bohrte? Misaki selbst war ebenfalls ziemlich ruhig, befeuchtete aber hin und wieder nervös ihre Lippen mit der Zunge. Sie sah aus, als könne sie sich nicht länger aus der Unterhaltung raushalten und in der Tat mischte sie sich plötzlich ein.

»Charlotte sollte das Geld für den Schlüssel eintauschen«, begann sie langsam, als erwartete sie, dass er jeden Moment abdrückte. Nachdem sie sich mit einem Seitenblick versichert hatte, dass dem nicht der Fall war, sprach sie weiter. »Marie hat ihr den Rucksack und einen Zettel gegeben. Da stand ... *PS ... 3701530?*«

»377«, korrigierte Andrej automatisch. »Das ist der Übergabeort. Park Street 377. Um halb vier. Da ist sie nie aufgetaucht. Die dumme Schlampe hat uns übers Ohr gehauen und das Geld versteckt. Wir haben die ganze Woche danach gesucht, aber jetzt habe ich den Schlüssel und werde ihn morgen abliefern. Wie abgemacht.«

»Verdient ihr so euer Geld?«, fragte sie, keine Spur von Anspannung mehr in ihrer Stimme oder Haltung. »Indem ihr für reiche Leute illegal irgendwelche Sammlerstücke auftreibt?«

»Was kümmert es dich?«, fauchte er ihr ins Ohr und sie zuckte zusammen, als erinnerte sie sich plötzlich daran, in welcher Situation sie sich befand. Misaki war nur Mittel zum Zweck. Ein Köder, wenn man so wollte. Das eigentliche Gespräch fand zwischen ihm und der Frau statt, die immer noch die Arme erhoben hielt, als wäre sie diejenige, auf die er zielte.

»Du hast nichts mit den Morden zu tun?«, fragte er Derica ungeduldig und sie schüttelte den Kopf. Es sah aufrichtig aus. In ihren Augen stand echte Unschuld. *Gottverdammt, sie ist es nicht gewesen.*

»Eine Sache verstehe ich nicht«, gestand sie und nahm die Arme runter. »Du bist dir so sicher, dass nur ich schuld daran sein kann, dabei habe ich diese Menschen nicht einmal gekannt. Es gibt keinen Grund, kein Motiv. Ich bin nur Charlottes Frau, der sie nichts von ihrem Nebenjob erzählt hat. All das mussten Misaki und ich uns selbst zusammenreimen. Weshalb denkst du, dass ich dich tot sehen möchte?«

Er konnte sich nicht helfen. Seine Mundwinkel zuckten nach oben und er beobachtete, wie sie dastand, die großen Augen ahnungslos auf ihn gerichtet. Die Situation war fast schon komisch. »Wo ist deine Frau?«

Derica runzelte die Stirn. »Das haben wir die ganzen letzten Tage über versucht herauszufinden. Sie musste fliehen, weil du sie bestohlen hat. Vielleicht versteckt sie sich in Benjamin's Wagon, vielleicht hat sie den Staat oder sogar das Land verlassen. Sie ... Warte.« Ihre Augen wurden noch ein Stück größer. »Versuchst du sie durch mich zu ködern? Das wird nicht funktionieren. Auf so etwas fällt sie nicht herein.«

Das Lächeln war innerhalb der letzten Sekunden um ein Vielfaches breiter geworden, doch jetzt konnte Andrej sich nicht mehr halten. Der Schlafmangel, die Paranoia, die groteske Situation – all das kam zusammen und ließ seinen Körper durch eine Welle an hysterischem Gelächter beben, das sich wie ein Lauffeuer über den See und das umstehende Land verteilte.

»Du verstehst es immer noch nicht.« Mit der freien Hand wischte er sich die Lachtränen aus dem Augenwinkel, dann fing er sich wieder und drückte Misaki den Lauf seiner Glock ein wenig fester in die Seite. »Charlotte zu finden, war nie mein Ziel. Ich weiß genau, wo sie ist.«

Er hätte nicht gedacht, dass die Furchen auf Dericas Stirn noch tiefer werden konnten, doch sie belehrte ihn eines Besseren. »Wo?«

»Nachdem sie das Geld versteckte, floh sie nicht aus der Stadt. Das heißt, sie versuchte es, aber sie kam nicht weit. Wir haben sie gefunden. Und wir haben sie hergebracht.«

Einziger Sinn und Zweck seiner Sprechpause war es, seinen Worten mehr Ausdruck zu verleihen, allerdings gab sie Derica auch die Gelegenheit, sich selbst die Wahrheit zusammenzureimen.

»Nein ...«, hauchte sie.

»Wir wollten sie zwingen, uns das Versteck des Geldes zu offenbaren. Ich habe Maurice dazu gebracht, sich darum zu kümmern, aber wir merkten schnell, dass sie uns nichts sagen würde. Was wir auch taten, sie hielt dicht. Deshalb habe ich ihm befohlen, sie zu fesseln. Ich sagte ihm, er solle sie in den See werfen und das tat er. Erst hat sie sich gewehrt, doch dann ist sie gesunken wie ein Stein.«

Sein Blick fing sie ein. Oh, wie er jede Sekunde hiervon auskostete. Und auf den nächsten Teil seiner Rede, den Teil, der alles änderte, freute er sich ganz besonders.

»Wir suchen nicht nach ihr, weil sie hier in diesem See liegt. Deine Frau ist tot.«

ANDREJ MUSS STERBEN

»Du lügst.«

Was in diesem Augenblick in Dericas Kopf vorging, war unmöglich zu bestimmen. Das konnte allerdings daran liegen, dass Misaki immer noch mit einer Pistole bedroht wurde und es für sie ziemlich schwierig war, sich zu konzentrieren. Gleichzeitig nutzte sie Andrejs Moment der Ablenkung, um unauffällig an ihren Fesseln zu hantieren. Sie bestanden nur aus einem einfachen dünnen Seil. Wahrscheinlich war diese Entführungs-Aktion eher spontan verlaufen.

»Du weißt, dass ich die Wahrheit sage. Ich sehe es dir an.«

»Es ist nicht möglich«, beharrte Derica. »Sie … Sie hat mich kontaktiert. Hinterher, meine ich.« Das Geld erwähnte sie nicht, wahrscheinlich in der Hoffnung, Andrej darüber im Dunkeln zu lassen.

»Wer auch immer dich kontaktiert hat, Charlotte war es nicht.« Wie seine Stimme an ihrem Ohr klang, schnurrend wie ein Kätzchen! Der Mann ergötzte sich förmlich an ihrem Leid. Zu befürchten hatte er auch nichts mehr. Er war schließlich derjenige mit der Waffe.

»Nein, nein, nein«, sagte Derica immer wieder. »Hör auf, Schwachsinn zu erzählen. Hör auf, mir Angst zu machen. Was du sagst, ergibt keinen Sinn.«

Misaki wollte ebenfalls daran glauben. Sie brachte all ihre Kraft zusammen, um so wie Derica zu denken und die Absurdität in seinen Worten zu sehen. Leider war der schlimmste Teil an ihnen, dass es tatsächlich logisch schien.

»Willst du es wissen?«, flüsterte er fast und ließ Derica dabei nicht aus den Augen. »Wie sehr sie sich gewehrt hat? Welche Geräusche sie gemacht hat?«

Was dann geschah, erwarteten weder er noch Misaki. Wie von einem plötzlichen Stromschlag getroffen, stürzte Derica nach vorn, als habe sie vergessen, dass Andrej immer noch eine Geisel hatte. Das Überraschungsmoment nutzte Misaki, um den letzten Knoten zu lösen, seinen Arm mit der Pistole zu greifen und nach oben zu drücken.

Er feuerte und der Schuss verlor sich im Nachthimmel. Ihm blieb gerade genug Zeit, um einer vor Wut rasenden Derica auszuweichen, die an ihm vorbei auf den Steg stolperte. Er drehte sich um, machte einen Satz nach hinten auf das Festland und gewann einige Meter zwischen sich und dem See.

Derica folgte ihm und riss ihn zu Boden.

Die Pistole war ihm aus der Hand gerutscht und lag etwa zwei Meter von den beiden rangelnden Gestalten entfernt im Dreck. Ohne eine weitere Sekunde zu zögern, schnappte sich Misaki die Waffe und zielte auf Andrej, dessen Oberkörper gerade von Dericas steinharten Schlägen traktiert wurde. Ihr Gesicht lag im Schatten, trotzdem wusste Misaki, dass in ihren Augen nichts als blinde Wut stand.

»Aufhören!«, schrie Misaki befehlerisch. »Hört sofort auf oder ich schieße! Mir egal, wen oder was ich dabei treffe!«

Zu ihrer Überraschung versiegte der Kampf tatsächlich und Derica saß über ihm, schnaubend, körperlich jedoch unversehrt. Andrej spuckte unbekümmert einen Schwall Blut aus und traf sie im Gesicht. Um ein Haar wäre sie wieder auf ihn losgegangen, aber Misaki trat direkt neben die beiden und erinnerte sie an ihre Warnung.

»Wir finden einen Weg, das zu klären.«

»Du ...«, keuchte Derica. »Er ...«

»Ich weiß, was er gesagt hat. Wir werden gemeinsam herausfinden, ob daran etwas stimmt, und dann sehen wir weiter. Bis dahin musst du lernen, wieder klar zu denken. *Bitte.*« Sie legte so viel Dringlichkeit wie sie konnte in dieses kleine Wort und erzielte damit tatsächlich die gewünschte Wirkung. Derica entspannte sich ein wenig und wollte aufstehen.

Da zog Andrej das Messer.

Er holte in einem weiten Bogen aus und Derica konnte gerade noch erschrocken zurückweichen, doch der Kreis, den die Klinge beschrieb, wurde weitergeführt und endete schließlich, als er das Messer in Misakis linkem Fuß versenkte.

Tausend Sterne explodierten vor ihren Augen. Der Schmerz zuckte durch ihren Körper wie ein Blitz und sie merkte, wie sie den Mund aufriss, konnte aber nicht sagen, ob sie schrie. Dann kam die Taubheit. Von allein löste sich erst ihr Griff um die Waffe, anschließend gaben ihre Knie nach und sie stürzte unsanft auf die Seite.

Nie in ihrem Leben hatte sie einen solch intensiven Schmerz gespürt. In der Grundschule hatte sie sich den Finger gebrochen, aber mit einer Verletzung wie dieser kam ihr diese Begebenheit auf einmal lächerlich vor.

Das war der Moment, in dem sie merkte, dass sie weder sehen noch hören konnte. Vor ihr tanzten bunte Lichter in nicht existenten Farben und die Welt klang, als habe man ihr eine Wolldecke um den Kopf gewickelt. Da war nur dieses entfernte Klingeln.

Atmen.

Sie musste atmen.

Atmete sie?

Schnell überprüfte sie das. Doch, sie atmete. Schnell und flach, aber immerhin hatte ihr der Schock nicht das Leben geraubt. Kaum da sie ihr rationales Denken wiederhatte, fand sie diese Vermutung bereits lächerlich.

Zögerlich kehrten auch ihre Sinne zurück. Erst sah sie einen Nachthimmel, dann sanften Laternenschein.

Von direkt neben ihr kam ein Geräusch.

»Derica ...«, murmelte sie. »Nicht ...«

Nach einer halben Ewigkeit hatte sie genug Kraft gesammelt, um ihren Kopf zu heben. Das Messer steckte immer noch in ihrem Fuß, aber sie verzichtete darauf, es herauszuziehen.

Dann sondierte sie die Lage. Fast erwartete sie, neben sich in die toten Augen von Andrejs zerfetzter Leiche zu blicken oder Derica erschossen vorzufinden. Stattdessen begrüßte sie ein weitaus ansehnlicher Anblick.

Andrej lag am Boden und hatte sich auf seine Arme gestützt, den Oberkörper halb angehoben. Über ihm stand Derica und zielte ihm mit der Pistole ins Gesicht.

»Oh, gut«, keuchte Misaki. »Ich dachte, du würdest ihn umbringen.«

»Vielleicht tu ich das noch«, fauchte sie. Sie gab sich Mühe, sicher zu klingen, aber ihre Stimme zitterte definitiv.

»Wir werden uns darum kümmern.«

Sie nickte.

»Hast du ihn durchsucht? Schau nach, ob er noch ein Messer hat.«

Erst rührte sie sich nicht, dann trat sie neben ihn, ging in die Hocke und achtete darauf, die Waffe permanent auf ihn zu richten. Mit einem genervten Ausdruck ließ er die Prozedur über sich ergehen. Sie durchwühlte seine Hose und seine Jacke, klopfte seine Beine, seine Ärmel und seinen Hosenbund ab, konnte jedoch nichts finden. Dann hielt sie inne.

Ihre Hand näherte sich seinem Hals und seine finstere Miene wich einem Anflug von Panik.

»Nein«, flüsterte er, doch Derica hatte das Band um seinen Hals gegriffen und es über seinen Kopf gezogen. Jetzt ließ sie es vor ihrer Nase baumeln und betrachtete es eingehend. Von ihrer Position aus konnte Misaki sehen, dass es sich dabei um einen generisch aussehenden metallenen Schlüssel handelte. Er war angerostet und sah schon etwas älter aus, allerdings hätte er zu jeder erdenklichen Kellertür in jedem erdenklichen Altbau gehören können.

»Den behalten wir«, verkündete sie.

Andrej war sämtliche Farbe aus dem Gesicht gewichen. »Das könnt ihr nicht machen. Ich brauche diesen Schlüssel.«

»Warum? Was ist daran so besonders?«

»Keine Ahnung! Aber wenn ich ihn Kronos morgen nicht bringe, wird er mich umbringen lassen.«

»Gut.« Derica warf den Schlüssel Misaki zu, die ihn gekonnt auffing. Er hing an einem schwarzen Lederband und lag überraschend leicht in ihren Händen. Ohne groß zu überlegen, stopfte sie ihn sich in die Hosentasche.

»Ihr versteht das nicht. Ihr habt keine Ahnung, wozu Kronos fähig ist. Ich habe es gesehen.«

»Dann würde ich vorschlagen, dass du ...«

Derica sprach nicht weiter. Auf einen Schlag war die Welt in Stille versunken, als wären ihr sämtliche Geräusche ausgesaugt worden. Misaki verstand nicht, warum das ganze Universum plötzlich den Atem anhielt, doch dann richtete sie sich ein Stück auf und sah den Grund dafür selbst.

Am anderen Ende des Stegs, wo sich das verschimmelte Holz und das schwarze Wasser trafen, stand jemand und schaute sie an.

AUS DEN TIEFEN

Charlotte sah nicht gut aus.

Dass Derica ihre Frau zum letzten Mal gesehen hatte, war knapp eine Woche her. An diesem letzten Morgen hatte sie die morgendliche Dusche übersprungen, nur rasch über die Zähne geputzt und wie meistens ihre Haare nicht gekämmt, aber sie hatte immer noch gut ausgesehen, als sie sie zu ihrer Schicht im Diner gefahren hatte. Glücklich. Gesund.

Der Anblick, der sich ihr jetzt offenbarte, war alles andere als das.

Wie zu erwarten, trug sie noch immer ihre Arbeitskleidung, den blauen Rock und die rosafarbene Schürze, allerdings war von diesen Farben durch den Morast des stinkenden Wassers nicht mehr ganz so viel zu sehen.

Charlottes lange Haare hingen wie Vorhänge von ihrem Kopf und in einigen Strähnen hatten sich Blätter und Äste verfangen. Ihre Wangen waren eingefallen, die Lippen blau und aufgerissen.

Doch das auffälligste waren nicht ihre gekrümmte Haltung, der Schmutz, die kränkliche Blässe oder ihre zerbrechlich dünne Figur. In der Mitte ihres Gesichts, da wo eigentlich ihr linkes Auge hätte sein sollen, klaffte ein tiefes, dunkles Loch. Eine Masse aus Blut und anderen

Flüssigkeiten hatte einen schwarzen Streifen auf ihrer Wange hinterlassen, als hätte sie sich das Auge schlichtweg ausgeweint. In der Masse bewegte sich etwas, vermutlich Maden oder Würmer.

Charlotte schien das nicht zu spüren. Sie stand einfach nur da.

Jetzt hatte auch Andrej den Ankömmling bemerkt. Er hatte sich umgedreht und saß auf dem Hintern direkt vor Derica im Schmutz.

»Was zur Hölle ...?«

»Ist ... sie das?«, hörte Derica Misaki hinter sich fragen, doch sie antwortete nicht. Sie wusste es. Wer sonst sollte es sein?

»Das kann nicht sein.« Andrej schüttelte den Kopf. »Sie ist tot. Ich habe sie sterben sehen. Sie ist mausetot.« Dann rief er: »*Hey! Du bist tot!*«, als würde sie das dazu bringen, wieder zurück ins Wasser zu plumpsen.

Derica war so verwirrt, dass sie ganz vergaß, Andrej dafür zu hassen. Anscheinend war ihre Frau nicht tot, aber sie hatte etwas an sich, etwas in ihrer Haltung und ihrem Blick, was auch nicht lebendig aussah. Ihre Kleidung war zerrissen und im Bauch hatte sie mehrere Stichwunden. Blutleer. Wie eine Tote.

»Der Killer«, nuschelte Andrej und riss Derica aus ihrer Trance.

»Was?«

»Marie. Maurice. Raphaël. Sie sind alle gestorben wegen diesem Ding. Es hat sie umgebracht, weil wir sie umgebracht haben.«

»Red keinen Mist. Erstens ist das kein Ding, sondern Charlotte. Zweitens würde sie das nie tun. Schau sie dir an. Sie braucht eindeutig Hilfe.«

»Das ist eine Leiche!«

»Hör auf, das zu sagen! Wir müssen sie in ein Krankenhaus bringen. Sie ist wahrscheinlich unterkühlt und ... und ihr Auge ...«

»Sie hat sie umgebracht.«

»Hat sie nicht.«

»Frag sie doch, wenn du dir so sicher bist, dass das Charlotte ist.«

Er sagte diesen Satz in einem frechen, sarkastischen Ton, nichts ahnend, dass Derica genau das in Betracht zog. Charlotte sah furchteinflößend aus, aber es gab keinen Grund, sie nicht anzusprechen.

Derica schluckte. »Hey ... Hey, Baby«, hauchte sie, in der Hoffnung, dass die leichte Brise ihre Stimme bis zu Charlotte trug. Wenn ja, gab diese keine Reaktion, kein Zeichen, ob sie ihre Frau gehört hatte. Ob sie sie verstanden hatte.

Jetzt war nicht der Zeitpunkt, um aufzugeben. Sie musste es weiter versuchen.

»Erkennst du mich? Ich bin's. Ich habe auf dich gewartet. Tagelang. Du bist nicht nach Hause gekommen. Ich konnte nicht ahnen, dass du ...« Ihre Stimme knickte ein. Sie war zu schwach für das hier, konnte Charlotte nicht einmal richtig ansehen. Die Frau, nach der sie tagelang gesucht hatte, stand mit einem Mal vor ihr, direkt am anderen Ende dieses Stegs, und Derica wusste nicht, was sie tun sollte. Sie hatte mit allem gerechnet. Hatte sich Charlotte auf der Flucht im Ausland vorgestellt oder gestürzt in einer Felsspalte im Wald. Manchmal hatte sie gefürchtet, sie sei entführt worden. Nichts von alldem entsprach letztlich der Wahrheit.

Hilfesuchend drehte sie sich zu Misaki um, die sich gegen das Fahrzeug gelehnt hatte und schnell atmete. Ihre Augen waren vor Erschöpfung halb geschlossen, aber sie schien trotzdem alles wahrzunehmen, was vor ihr passierte.

»Sprich mit ihr«, brachte sie hervor. »Wenn Charlotte da irgendwo drin ist, hast du die besten Chancen, sie zu erreichen.«

»Was soll ich denn sagen?!«, zischte Derica.

»Woher soll ich das wissen? Ich habe diese Frau noch nie im Leben getroffen! Du bist mit ihr verheiratet. Dir muss doch etwas einfallen, was sie ...«, Misaki unterbrach sich und sog scharf Luft durch ihre Zähne, »... was sie aus dieser Starre befreit.«

Leider musste sich Derica eingestehen, dass Misaki recht hatte. Charlotte würde auf sie hören und nur auf sie.

»Charlotte? Mein Schatz? Ich weiß, dass es schwer ist für dich, aber du musst mit mir sprechen ... Kannst du sprechen?«

Charlotte stand nur da, das lange Haar triefend, den Blick geradeaus gerichtet. Es war Derica zuvor nicht aufgefallen, doch jetzt war es eindeutig. Sie atmete nicht. Es war kein einziges Lebenszeichen zu erkennen, mit der offensichtlichen Ausnahme, dass sie auf eigenen Beinen dort stand und die drei anstarrte.

Nein, nicht die drei. Ihr Blick ging nach unten. Sie schaute nur zu Andrej.

Diesem wurde in dem Moment dasselbe bewusst. »Scheiße. Oh, Scheiße. Das Ding will mich killen.«

»Kein Wunder«, spuckte Derica. »Du hast sie gefoltert und umgebracht.«

»Das war ich nicht, das war Maurice.«

»Natürlich warst du es!«

»Reißt euch zusammen!«, bellte Misaki von hinten. »Alle beide!«

Widerwillig brach Derica die Streitigkeit ab und konzentrierte sich darauf, Charlotte eine Reaktion zu entlocken.

»Ich habe dich gesucht, aber außer Misaki wollte mir niemand helfen, weshalb wir alles allein herausgefunden haben. Wir haben Marie, Raphaël und Maurice aufgespürt und das hat uns schließlich zu Andrej geführt. Er glaubt, du hättest sie alle getötet.«

Sie machte eine Pause, um Charlotte Zeit zu geben, die Worte zu verarbeiten, sofern das überhaupt möglich war.

»Es tut mir leid, aber ich konnte nicht ohne dich gehen. Jetzt weiß ich, wieso du mich nicht geweckt hast. Du wolltest nicht, dass ich dich so sehe, oder?«

»Was hast du vor?«, brummte Andrej. »Willst du sie durch dein langweiliges Gerede noch ein zweites Mal umbringen?«

Von all den Sätzen, die an diesem Abend gefallen waren, war dies jener, welcher Charlotte plötzlich in Bewegung setzte. Aber sie rannte nicht und streckte auch nicht die Arme nach vorn und kam stöhnend auf sie zu geschlendert – sie machte einen einfachen zögerlichen Schritt. Dann noch einen. Sie ging langsam, als würde sie überlegen, ob sie in Dericas Anwesenheit tun wollte, was sie vorhatte.

Was bewies, dass sie noch sie selbst sein musste.

»Du willst das nicht. Selbst wenn du etwas mit den Morden der anderen zu tun hast, ist das nicht die Charlotte, die ich kenne. Wir können das zusammen durchstehen! Komm wieder zu dir und ich verspreche dir, dass wir gemeinsam einen Weg finden, ihm seine gerechte Strafe zukommen zu lassen.«

»Eben wolltest du mir noch den Schädel einschlagen.«

»Sei still! Ich versuche hier gerade, dir das Leben zu retten, falls es dir noch nicht aufgefallen ist!«

Sein Blick verfinsterte sich und Derica wollte weitersprechen, als ihr noch etwas anderes auffiel. Noch immer mied sie, Charlotte ins Gesicht zu schauen, aber als diese das Ende des Stegs erreicht hatte, besah sie sich ihre Haut. Zerschunden, aufgeschürft, verwundet und blutleer. Sie erkannte, dass ihr einige Zehen fehlten, sogar zwei Finger und noch dazu alle Nägel.

»O mein Gott«, hauchte Derica und schlug sich mit der freien Hand vor den Mund. Was hatten sie bloß mit ihr angestellt?

Auf einmal ergab alles Sinn. Ja, sie kannte die Charlotte von damals, die sich zwar oft in Schwierigkeiten gebracht hatte, aber niemals andere gefährdete. Doch Menschen änderten sich und sie änderten sich vor allem, wenn man ihnen alles nahm, was sie menschlich machte.

Andrej bewegte sich. Er machte Anstalten, sich aufzurappeln.

»Was tust du? Bleib, wo du bist.«

»Ich kann nicht«, sagte er. »Lass mich aufstehen und von hier verschwinden. Ich nehme mein Auto und verlasse die Stadt.«

»Das Auto bleibt bei uns.«

»Dann renne ich eben. Wichtig ist, dass ich nicht mehr zurückkehre und ihr mich nie mehr wiedersehen müsst. Das wollt ihr doch, oder?«

Nein, das wollte sie nicht. Er hatte Charlotte verletzt und sie in diesen See werfen lassen und sie konnte sich nichts Schlimmeres vorstellen, als ihn jetzt entkommen zu lassen. Er musste seine gerechte Strafe erfahren. Welche auch immer das sein mochte. Sie würden es herausfinden.

Andrej war halb aufgestanden, als Derica ihm in die Kniekehle trat und ihn somit wieder zu Boden zwang.

»Lass mich gehen!«

Ihre Hände bebten und ihre Stimme war ein Kartenhaus, als sie mit der Waffe auf Andrej zielte. »Rühr dich nicht, oder ich schieße!«, brüllte sie.

»Gut!«, gab Andrej überraschenderweise zurück. »Dann so. Erschieß es, bevor es mich umbringt, so wie es die anderen umgebracht hat.«

»Nein.« Sie schüttelte den Kopf. »Ich werde meine Frau nicht erschießen. Hörst du dir überhaupt zu?«

Aus seiner Kehle kletterte ein entnervtes Knurren empor. »Das ist nicht mehr deine Frau. Hätte deine Frau jemanden ermordet? Das da ist ein Monster, das vom Hass angetrieben wird. Sein einziger Instinkt ist Rache und es wird nicht ruhen, bis es mich getötet hat. Schau es dir an! Sieht das für dich wie ein Mensch aus?«

Derica wollte nicht hinsehen, aber seine Worte trafen sie genau an der richtigen und falschen Stelle. Sie riskierte einen Blick. Charlotte war noch einen Schritt näher auf Andrej zugegangen. Aus ihrem Mundwinkel tropfte eine dunkle, zähe Flüssigkeit und die Maden in ihrem Fleisch wanden sich. Sie ballte und entspannte ihre Fäuste, legte den Kopf schief und hielt den am Boden kauernden Mann fest im Visier. Ihr funktionierendes Auge hatte ihn fokussiert und es war, als verbinde die beiden ein unsichtbares Band, das von niemandem jemals durchtrennt werden konnte. Nicht, solange Andrej lebte.

Aber wenn es wirklich Hass war, der Charlotte von den Toten zurückgeholt hatte, was würde passieren, wenn sie ihre Aufgabe erfüllt hatte? Wenn es niemanden mehr zu hassen gab? Würde sie immer noch herumlaufen, immer noch Menschen töten, oder würde sie einfach in sich zusammenfallen?

Tot. Diesmal richtig.

Derica atmete rasselnd ein. Daran wollte sie nicht denken. Daran konnte sie nicht denken.

Hinter sich hörte sie Misaki vor Schmerzen wimmern. Von ihr konnte sie keine Hilfe erwarten.

Charlotte trat noch einen Schritt näher.

»Halt mir das Ding vom Leib!«, schrie Andrej, seine Stimme plötzlich panisch. Dieser harte Typ mit den kalten Augen und der Lederjacke hatte Angst. Es hätte Derica schmunzeln lassen, wäre sie nicht so gestresst gewesen.

»Nenn mir einen Grund, warum ich sie davon abhalten sollte, dir den Kopf abzureißen.«

»Weil du ein guter Mensch bist!«, platzte es aus ihm heraus. »Ich habe mich in der Stadt nach dir umgehört. Leute gefragt. Laut ihnen bist du zwar emotional und launisch, aber nicht unberechenbar. Deshalb hast du dich auch von den O'Leons losgesagt. Du konntest nicht mit deinem Gewissen vereinbaren, wie sie die Menschen ausbeuten und kontrollieren. Du willst nicht, dass jemand verletzt wird.«

»Halt den Mund«, knurrte sie.

»Du fändest es furchtbar, wenn es mich hier und jetzt vor deinen Augen umbringen würde. Und ich fände das übrigens auch furchtbar, deshalb solltest du dem ein Ende setzen – und zwar jetzt!«

Ihre Hand zitterte immer stärker und sie schluckte. »Du hast doch selbst gedacht, dass ich deine Freunde umgebracht hätte. Wenn du nicht aufhörst, so zu reden, mache ich deine Vermutung wahr und schieße dir in den Kopf.«

»Nein, das wirst du nicht.«

»Hör auf, mich zu unterschätzen!«, rief sie.

Prompt nutzte Andrej diesen Gefühlsausbruch, um sich umzudrehen und nach der Waffe zu greifen. Derica taumelte rechtzeitig rückwärts und seine Finger griffen ins Leere, allerdings gab es jemanden, der diese Geste allein als Angriff deutete.

Charlotte stieß einen grollenden Schrei aus und stürzte sich nach vorn, die blassen Finger nach Andrejs Kehle ausgestreckt.

Charlotte fauchte.

Andrej schrie.

Und Derica drückte ab.

UNGEWÖHNLICH

Zwei Tage später sah die Welt ganz anders aus. Die Sonne strahlte und erwärmte die Straßen, Vögel trällerten melodische Lieder und hin und wieder ratterte ein Auto an Dericas Haus vorbei. Sie hörte es von drinnen, wo sie den Tisch für ein gemeinsames Kaffeekränzchen mit Misaki deckte.

Heute war sie zum ersten Mal wieder in der Schule gewesen. Ihr Fehlen hatte keinen großen Eindruck hinterlassen. Sie hatte sich offiziell krankgemeldet und ihre Kinder hatten Spaß gehabt, den Vertretungslehrer zu piesacken. Außer einigen Fragen von Kolleginnen, ob es ihr wieder besser ging, hatte niemand ihre Abwesenheit angesprochen.

Sie platzierte gerade einen Kaffeelöffel auf dem kleinen Sofatisch, als es klingelte. Misaki war pünktlich und grinste ihr von der Türschwelle aus entgegen. Heute trug sie eine Jogginghose und ein schwarzes T-Shirt. Über ihre Brust hatte sie eine Bauchtasche wie einen Waffengurt geschnallt und rundete das Gesamtbild mit einer dieser Bomberjacken ab, auf die sie so stand. Ihr linker Fuß war mit festen Bandagen umwickelt und sie nutzte eine Gehhilfe, um sich zu stützen.

Die beiden umarmten sich freudestrahlend und ließen sich am Tisch nieder.

»Ich werde vielleicht fest im Wagon Wheel angestellt«, erzählte sie schließlich.

»Ist es denn das, was du willst? Du scheinst nicht die Art von Person zu sein, die auf einen festen Job an einem festen Ort hinarbeitet.«

»Eigentlich nicht, nein.« Ihre Schultern sackten zusammen. »Aber ich brauche etwas, was mir Sicherheit gibt. Vielleicht werde ich das eine Weile lang machen und mich dann nach etwas anderem umsehen, das mir mehr Spaß macht. Leider kann ich es mir nicht leisten, wählerisch zu sein.«

»Wem sagst du das ...«, murmelte Derica und nippte an ihrem Kaffee.

Misaki schaute sie lange an. »Es war die richtige Entscheidung, das Geld Maurice' Mutter zukommen zu lassen.«

»Na ja. Besonders selbstlos war das nicht, immerhin habe ich einen Großteil davon noch über. Aber jetzt weiß ich nicht mehr, ob ich es jemals brauchen werde.«

»Du bleibst also.«

»Mir bleibt keine Wahl. Sieht so aus, als wäre dieser Ort meine Wiege und mein Grab.« Sie schloss die Augen. Hätte man sie vor einer Woche gefragt, wie sie sich ihre Zukunft vorstellte, wäre sie noch eine ganze Spur hoffnungsvoller gewesen. Diese paar Tage hatten eine Menge verändert.

Immerhin hatte sie Misaki – diese junge Frau, die alles mit angesehen hatte und jetzt kaum noch von Dericas Seite wich. Derica hatte, von Charlotte abgesehen, nie eine gute Freundin gehabt. Auch das hatte sich geändert.

»Glaubst du, du kannst loslassen?«

Ihre Stimme drang von weit weg an Dericas Ohren. Flatternd öffnete sie ihre Augen wieder und erwischte sie dabei, wie sie etwa zehn Löffel Zucker in ihrer Tasse versenkte. »Hm?«

»Was wir gesehen haben. Was wir erlebt haben. Findest du das nicht ein bisschen ... ungewöhnlich?«

»Ungewöhnlich ... ungewöhnlich ... So kann man das ausdrücken, ja. Es ist definitiv ungewöhnlich.«

»Solche Dinge passieren nicht einfach. Es muss einen Grund dafür geben und ich weiß nicht, ob ich nachts ruhig schlafen kann, bis ich ihn kenne.«

»Gut. Sag mir, wenn du etwas herausgefunden hast.«

»Wirst du mir nicht helfen?«

Derica zögerte. »Wahrscheinlich nicht.«

»Nach allem, was du gesehen hast? Du bist involviert. Du kannst nicht so tun, als wäre all das nie passiert.«

»Das nicht, aber die letzten paar Tage haben mich ausgelaugt. Ich möchte bloß ein langweiliges Leben führen und werde mein Bestes geben, es so gewöhnlich wie möglich zu gestalten. Sofern das jetzt noch geht.«

»Vielleicht kann ich helfen.«

»Vielleicht. Aber du wirst das ohne mich herausfinden müssen.«

Schweigend tranken sie ihren Kaffee und genossen die Stille, die ihnen nach all der Aufregung vergönnt war. Irgendwann stellte Derica ihre Tasse auf den mit rosafarbenen Blumen verzierten Unterteller und erhob sich.

»Möchtest du ein Eis? Ich habe neues gekauft. Erdbeer-Schokolade.«

»Da fragst du noch?«, lachte Misaki und nickte so intensiv, dass ihre wilden Haare wippten.

Derica zwinkerte. »Bin gleich wieder da.«

Sie hatte sich bemüht, das Haus so sauber zu halten wie sonst, aber der Stress der letzten Tage hatte sie abgelenkt und ihr die Energie geraubt. Normalerweise hatte sie immer Energie zum Putzen. Ihr Elternhaus war stets lupenrein gewesen und sie hatte sich an diese Umstände gewöhnt, allerdings waren dafür Scharen an unterbezahltem Personal verantwortlich gewesen und diese Tatsache hatte sie verabscheut. Deshalb machte sie heutzutage alles allein. Wenn sie es sauber haben wollte, musste sie selbst Hand anlegen.

Auch jetzt im Vorbeigehen wischte sie mit dem Finger über die Kommode im Hausflur und musste feststellen, dass sich eine dünne Staubschicht unter ihrem Finger sammelte. Unwillkürlich verzog sie das Gesicht. Anscheinend war das alles, was es brauchte, dass sie sich fühlte, als sei ihr Leben völlig aus den Fugen geraten.

Fürs Erste ließ sie den Staub Staub sein, schnappte sich die zusammengefaltete Zeitung von der Anrichte und stieg hinab in den dunklen Keller.

Sie zog an der Schnur, die von der Decke hing, und sofort flackerte die Glühbirne auf, um den Raum und den Boden vor ihr zu erleuchten. Die Treppe knarzte leise, als sie hinabstieg. Das Wandgemälde strahlte schöner denn je. Fast hätte sie geglaubt, dass das Gras im Wind wehte und die Vögel sanft über die bunte Landschaft segelten. Sie konnte die leichte Brise spüren, hörte ein Zwitschern und das Rauschen der fernen Baumkronen. Das Leben zwischen den Blättern und Grashalmen.

Derica ging zur Kühltruhe, stemmte den Deckel hoch und schaute ihrer Frau entgegen.

»Hey.«

Charlotte sagte nichts. Sie sah sie einfach nur an.

»Ich möchte dich nicht stören. Bin gleich wieder weg.«

Charlotte sagte immer noch nichts. Das war normal und Derica würde sich daran gewöhnen müssen, ihre Wünsche aus ihrem Auge abzulesen. Aber auch die schien sie nicht zu haben. Sie war nicht festgefroren und wenn sie gewollt hätte, hätte sie jederzeit die Truhe, den Keller und das Haus verlassen können, doch sie blieb, wo sie war, und bewegte sich höchstens, wenn sich Derica neben die Truhe kniete, um mit ihr zu sprechen. So wie jetzt.

Ihr gekühltes Fleisch knackte, als sie sich aufsetzte und ihrer Frau langsam das Gesicht zuwandte. Es hatte sich seit der Nacht am See nicht verändert, von den Eiskristallen einmal abgesehen. Ihr linkes Auge war immer noch fort, das andere trüb. Dennoch wusste Derica, dass sie sie sehen konnte, weshalb sie ihr liebevoll zulächelte.

»Bevor ich es vergesse ...« Sie holte die Zeitung hinter ihrem Rücken hervor und drückte sie Charlotte in die knochigen steifen Hände. »Die Ermittlungen werden offiziell abgebrochen. Niemandem ist der Grund bekannt, aber mir fällt nur eine Familie ein, die so etwas bewirken kann.«

Charlotte faltete die Zeitung vorsichtig auseinander, damit ihre Finger nicht abbrachen, lehnte sich zurück und las. Sie war menschlich, ganz eindeutig. Ohne Derica hatte sie nichts als blinden Hass gesehen und nur Rache im Sinn gehabt, aber Derica glaubte, etwas an ihr geändert zu haben. Sie hatte ihr zugehört. Für sie nachgegeben. Und jetzt saß sie hier im Keller in der Kühltruhe, als könne sie keiner Fliege etwas zuleide tun, las Zeitungen und Bücher oder lag einfach nur da, wonach ihr gerade so der Sinn stand.

»Ich geh dann mal wieder. Das Licht lasse ich dir an.«

Charlotte nickte und Derica beugte sich zu ihr und drückte ihr einen schnellen Kuss auf die eiskalten, verfaulten Lippen. Sie stand auf, strich ihr Kleid glatt und wollte sich gerade wieder auf den Weg nach oben machen, als ihr etwas einfiel.

»Ach ja. Zwei Eis brauche ich.«

Ohne von der Zeitung aufzuschauen, griff Charlotte hinter ihren Rücken und holte zwei in Plastik verpackte Eiswaffeln hervor.

»Danke, Baby.«

Dann ging Derica die Treppe hinauf und schloss die Kellertür hinter sich.

RASTLOS

Es lag nicht an Andrej, dass sich die Welt auf einmal zum Schlechteren wandte. Man hätte streiten können, dass seine Handlungen dazu beigetragen hatten, dass unerklärliche Begebenheiten Benjamin's Wagon heimsuchten, aber je länger er darüber nachdachte, desto unsicherer war er sich, dass er darauf Einfluss gehabt hatte. Wer sagte denn, dass die Welt nicht seit Anbeginn unerklärlich war und das Universum nur ausgesprochen gut darin war, diese Merkwürdigkeiten zu verbergen? Er hatte noch nie davon gehört, dass Tote aufstanden und davonliefen, geschweige denn dass Tote lebendige Menschen umbrachten, ob aus Rache oder wegen eines letzten Versuchs, ihren eigenen dickköpfigen Willen durchzusetzen. Vielleicht war es schon immer so gewesen und ausgerechnet jetzt, bei einem Fall, an dem er beteiligt war, wurde ihm die Schuld daran zugewiesen.

Das Unglück hatte sich schon immer gern zu ihm gesellt. So auch in diesem Moment, als er durch das Ödland vor Benjamin's Wagon schlurfte. Die Kleinstadt mochte sich in den Schoß eines Berges mit saftigen Wäldern kuscheln, aber fuhr man nach Süden, war der Boden trocken und rissig, die wenigen Sträucher vertrocknet und das Land so eben wie eine Scheibe. Er ging zu Fuß. Sein Fahrrad stand im Keller seines Wohnhauses, sein Auto hatte man ihm abgenommen. All sein Hab und Gut befand sich in seiner Wohnung, zu der er jetzt nicht mehr zurückkehren konnte. Kronos war dort. Er wusste, dass er dort war und nur auf sein Erscheinen warteten, um ihm anschließend die Kehle durchzuschneiden.

Wenn er Glück hatte.

Wem machte er etwas vor? Er hatte niemals Glück.

Er wankte am Rand der kaputten Straße entlang, in der Hoffnung, bis nach Oakleaf zu gelangen und von dort aus mit dem Zug zu verschwinden. Er hätte vermutlich auch in Benjamin's Wagon in den Zug steigen können, aber ihm lag die Vermutung nahe, dass Kronos auch dort jemanden stationiert hatte. Zu riskant.

Er hatte darüber nachgedacht, sich den Schlüssel zurückzuholen, als er die letzten Tage lang in seinem Versteck ausgeharrt hatte. Die einzige Möglichkeit, seine Schuld bei Kronos zu begleichen. Die Idee hatte er sofort wieder verworfen. Die Lehrerin würde ihm nichts antun. Das hatte sie bewiesen, als sie die Kugel zwischen ihn und das Monster gefeuert hatte, um ihm die Flucht zu ermöglichen. Aber würde er sich einer der Frauen auch nur nähern, würde ihn dieses Biest in Stücke reißen. Er hatte gehört, was es mit Marie und Raphaël angestellt hatte. Hatte den Zorn in diesem Blick gesehen. So wollte er nicht enden.

Deshalb lief er. In Oakleaf kannte man ihn nicht. Dort wohnten mehr Menschen als in Benjamin's Wagon und es sollte ihm leichtfallen, sich unter die Bevölkerung zu mischen.

Seine Schuhsohlen waren aufgeplatzt und die Sonne prallte auf seine ungeschützte Haut. Es war immer noch angenehm kühl, aber das bedeutete nicht, dass er sich nicht auch im späten Winter einen schlimmen Sonnenbrand zuziehen konnte.

Als sich die Luft am Horizont zu der Form eines herannahenden Autos verdichtete, schwand seine Hoffnung, es lebendig nach Oakleaf zu schaffen. Sie hatten ihn gefunden. Das war es.

Statt sich von diesen Gedanken aus der Fassung bringen zu lassen, machte er den Rücken gerade und ging langsam, aber stetig weiter. Welch ein Schwachsinn. Ständig fuhren Menschen nach Benjamin's Wagon, außerdem kam dieser Wagen aus der falschen Richtung. Es konnte jeder in diesem Auto sitzen.

Nach kurzer Zeit erkannte er, dass es sich dabei um einen weißen Jeep handelte. Das Auto wurde langsamer, je mehr es sich Andrej näherte, bis es schließlich mit Schrittgeschwindigkeit auf ihn zukam. Direkt nebeneinander hielten sie an und Andrej biss die Zähne zusammen.

Das Fenster auf der Beifahrerseite wurde heruntergelassen und Andrej spähte in das Innere des Fahrzeugs.

Hinter dem Steuer saß eine Frau und kaute auf einem Kaugummi herum. Er kannte sie nicht und sie sah nicht wie jemand aus, der seinen Tod wollte. Genau genommen sah sie nicht wie jemand aus, der in Benjamin's Wagon etwas zu suchen hatte. Sie war schlank und, soweit er das beurteilen konnte, relativ groß. Ihr Haar war kastanienbraun, lang und glatt, und der Großteil ihres Gesichts wurde von einer gigantischen Sonnenbrille verdeckt. Ihre Kleidung sah teuer aus. Schwarze Hose, schwarzes Hemd, weißer Blazer und weiße Fliege.

Lässig lehnte sie sich in ihrem Sitz zurück und legte den Kopf schief. »Hey-ya.«

Andrej zögerte. »... Hi.«

Sie bearbeitete noch ein paar Sekunden lang wortlos ihren Kaugummi, dann nickte sie ihm zu. »Ich bin auf der Suche nach jemandem, vielleicht können Sie mir dabei helfen. Er sieht aus ...« Ein Stirnrunzeln über der großen Sonnenbrille. »Er sieht aus wie Sie, fällt mir gerade auf.«

Andrej wurde blass. »Ist das so?«

»Ja, merkwürdig. Ich wurde hergeschickt, um diesen Mann zu finden, der genau so aussieht wie Sie. Mir wurde gesagt, dieser Mann besäße womöglich etwas, was ich bergen und zu meinen Leuten zurückbringen soll.«

»Ihre Leute?«

»Kümmern Sie sich mal nicht darum. Jeder hat Leute, oder? Sie haben bestimmt auch Leute.«

»Nicht mehr.«

»Ah.«

Ein paar Sekunden Stille folgten.

»Sind Sie Bulle? FBI?«

Die Frau stieß ein herzliches, etwas zu lautes Lachen aus. »Ich? Um Gottes Willen, nein. Man könnte, wenn man dem unbedingt ein Label aufdrücken möchte, dann ja, dann könnte man mich wohl eine Detektivin nennen. Ja, das kommt hin.«

»Aber Sie sind nicht hier, um mich zu töten oder hinter Gitter zu bringen?«

»Nichts liegt mir ferner. Ich will nur den Schlüssel.«

Andrej schluckte. Sie wusste von dem Schlüssel und wahrscheinlich noch eine ganze Menge mehr. Die Frage war: Wie viel?

»Ich habe den Schlüssel nicht mehr.«

»Ah, aber sie hatten den Schlüssel. Vorübergehend. Dann haben Sie ihn weitergegeben.«

»Nein.«

»Nein?«

»Er wurde mir gestohlen.«

Sie nickte. »Verstehe. Und jetzt ist Ihr Auftraggeber bestimmt nicht sonderlich erfreut darüber, habe ich recht?«

Die Antwort auf diese unnötige Frage behielt er für sich. Warum sollte er dieser Fremden irgendetwas verraten? Das war sein Problem, nicht ihres. Er konnte ihr nicht trauen.

»Entschuldigen Sie mich bitte, aber ich muss weiter.«

»Sie fliehen.«

»Schönen Tag noch.« Er ging los, aber sie legte den Rückwärtsgang ein und fuhr neben ihm her.

»Wo ist der Schlüssel jetzt? Wenn wir zusammenarbeiten, können wir ihn finden.«

»Und dann? Ich möchte ihn meinem Auftraggeber bringen, Sie möchten ihn Ihren Leuten übergeben. Klingt für mich danach, als würden Sie mich hintergehen, sobald der Zeitpunkt gekommen ist.«

»Sie verstehen mich falsch«, erwiderte sie. »Ich möchte, dass wir auf ein und derselben Seite stehen. Sie arbeiten mit uns zusammen und wir bieten Ihnen Schutz, Unterkunft und eine nicht unbeachtliche Bezahlung.«

Endlich blieb er stehen und sie verzog den Mund zu einem triumphalen Grinsen.

»Warum?«

»Weil Sie aussehen, als könnten Sie helfen. Sie sehen aus, als hätten Sie Dinge gesehen, die Sie verändert haben. Ich kenne diesen Blick in Ihren Augen und Sie haben kein Zuhause mehr. Diesen Deal werden Sie nicht noch einmal bekommen.«

»Kann ich überhaupt ablehnen oder werden Sie mich weiter verfolgen, bis ich einwillige?«

Ihr Grinsen wurde breiter und er verdrehte die Augen und öffnete die Beifahrertür. Bevor er sich niederlassen konnte, nahm sie ihren Hut vom Sitz und setzte ihn auf. Dann fuhren sie weiter. Benjamin's Wagon entgegen.

Anscheinend bemerkte sie seine Unruhe, denn sie versicherte ihm: »An meiner Seite wird Ihnen nichts geschehen.«

»Sind Sie bewaffnet?«

»Natürlich.«

Er seufzte. »Wenn ich Ihnen helfen soll, müssen Sie mir mehr über sich und Ihre sogenannten Leute verraten. Wer sind Sie? Ich kenne ja nicht einmal Ihren Namen.«

Sie passierten das Ortsschild, auf dem etwa die Hälfte der Buchstaben verblichen war, und fuhren zurück in die Stadt, der Andrej vor kurzer Zeit den Rücken gekehrt hatte.

»Sie können mich Steph nennen.«

ENDE VON TEIL EINS

Weekly Wagon

Charlotte O'Leon und die Kriminalisierung unserer Nachbarschaft

von Duane Olson

O'Leon – ein Name, der für gewöhnlich für Ehrlichkeit und Sicherheit steht. Doch was sich vergangene Woche in unserer friedlichen Stadt zutrug, lässt ihn in einem ganz anderen Licht erscheinen.

Dass die zweitälteste Tochter nicht in die Fußstapfen ihrer Eltern tritt und das Immobilien-Imperium zusammen mit ihren Schwestern übernimmt, ist bereits seit Jahren bekannt. Stattdessen hat sich Derica O'Leon für ein Leben in idyllischer Zweisamkeit mit ihrer Frau Charlotte entschieden. So dachte man zumindest. Seit Kurzem steht fest: Der angeblich unabhängige Lebensweg war eine Fassade, die das Abrutschen in die Kriminalität verbergen sollte.

Im Rahmen mehrerer Mordfälle vergangene Woche wurden Beweise sichergestellt, die die Verbindung von Charlotte O'Leon zu einer kriminellen Bande bestätigt. Der Kopf dieser Gruppe, Andrej Simón, ist ebenso wie Charlotte O'Leon verschwunden und vermutlich sind beide bereits außer Landes.

»Da gibt es nichts, was wir noch tun können«, erklärte Sheriff Vernon Hitch. »Es wird weiterhin nach ihnen gefahndet, aber allem Anschein nach ist O'Leon mit Simón durchgebrannt. Eine tragische Geschichte.«

Derica O'Leon weigerte sich, einen Kommentar abzugeben. Ob sie von den kriminellen Machenschaften und der Affäre ihrer Frau wusste, bleibt unklar.

MITWIRKENDE

Testleser*innen:

noxachi
Leo Nora Grabner
Michelle Risch
Charline Winter

Lektorat & Korrektorat:

Lektorat Zeilenschmuck

Illustration:

noxachi
(Instagram: @noxachi)

Idee / Umsetzung / Gestaltung:

K. Metz

ÜBER MICH

K. Metz wurde 1999 in der Nähe von Frankfurt am Main geboren und begeistert sich seit der frühen Kindheit für das Erschaffen von fantastischen Welten mit Fokus auf spannende Figuren. Als Inspiration dienen hierbei Indie- und Rockmusik, sowie Horrorfilme aller Art. K. Metz hat 2023 ein Studium im Fach Kommunikationsdesign abgeschlossen und ist seitdem kreativ in der Medienbranche tätig.

DIE GESCHICHTE GEHT WEITER

Keine Veröffentlichung verpassen:

 kmetz-books.de

 @benjaminswagon